江古田文学

The EKODA BUNGAKU

令和二年度 卒業論文・作品から

106
vol.40 no.3
2021

江古田文学一〇六号　目次

表紙画・福島唯史　《ユゼスの花市》二〇二一年　油彩・カンヴァス　80.3×116.7cm

江古田文学賞
受賞作掲載号一覧

◎2002年（平成14）
第１回江古田文学賞：
岡本陽介『塔』
優秀賞：松田祥子『ピンクレディー』
（江古田文学51号に全文掲載）

◎2003年（平成15）
第２回江古田文学賞：
中村徳昭『遠ざかる声』
（江古田文学54号に全文掲載）

◎2004年（平成16）
第３回江古田文学賞：（２作同時受賞）
谷不三央『Lv21』
富崎喜代美『魔王』
（江古田文学57号に全文掲載）

◎2005年（平成17）
第４回江古田文学賞：
飯塚朝美『二重螺旋のエチカ』
（江古田文学60号に全文掲載）

◎2006年（平成18）
第５回江古田文学賞：
長谷川賢人『ロストアンドファウンド』
佳作：関澤哲郎『「まじめな人」第四位』
（江古田文学63号に全文掲載）

◎2007年（平成19）
第６回江古田文学賞：該当作なし
佳作：（２作同時受賞）
石田出『真夏のサンタ・ルチア』
福迫光英『すずきを釣る』
（江古田文学66号に全文掲載）

◎2008年（平成20）
第７回江古田文学賞：該当作なし
佳作：岡田寛司『タリルタリナイ』
（江古田文学69号に全文掲載）

◎2009年（平成21）
第８回江古田文学賞：
佐倉明『ニュル』
三井博子『もぐる』
（江古田文学72号に全文掲載）

◎2010年（平成22）
第９回江古田文学賞：
小泉典子『鉄工場チャンネル』
（江古田文学75号に全文掲載）

◎2011年（平成23）
第10回江古田文学賞：
杉山知紗『へびとむらい』
（江古田文学78号に全文掲載）

◎2012年（平成24）
第11回江古田文学賞：
大西由益『ポテト』
（江古田文学81号に全文掲載）

◎2013年（平成25）
第12回江古田文学賞：該当作なし
佳作：片山綾『ぽっちという』
（江古田文学84号に全文掲載）

◎2014年（平成26）
第13回江古田文学賞：該当作なし
佳作：坂本如『ミミ』
（江古田文学87号に全文掲載）

◎2015年（平成27）
第14回江古田文学賞：該当作なし
佳作：入倉直幹
『すべての春にお別れを』
（江古田文学90号に全文掲載）

◎2016年（平成28）
第15回江古田文学賞：
須藤舞『綻び』
（江古田文学93号に全文掲載）

◎2017年（平成29）
第16回江古田文学賞：
儀保佑輔『亜里沙は水を纏って』
（江古田文学96号に最終候補作４作含め全文掲載）

◎2018年（平成30）
第17回江古田文学賞：該当作なし
（江古田文学99号に最終候補作４作全文掲載）

◎2019年（令和元）
第18回江古田文学賞：該当作なし
佳作：村山はる乃『ララパルーザ』
山本貫太『パッチワーク』
（江古田文学102号に全文掲載）

◎2020年（令和２）
第19回江古田文学賞：該当作なし
佳作：山本貫太『毛穴』
（江古田文学105号に全文掲載）

令和二年度　卒業論文・作品から

いつか猫と暮らす日

磯貝由羽

春

けさ、猫が死んだ。もしかしたら昨日の晩だったのかもしれないが、わからない。本当なら、すぐに埋葬しなくてはいけないのだけれど、今日は月曜日で、この家にいるのは自分だけだから、会社に行かなくてはいけなかった。電車に乗っている間も、猫のことを考えていた。

自分のデスクに座ると、同僚がやってきた。挨拶から始まり、昨日の企画書が無事通ったことなど、仕事の内容を伴った雑談を十分ほどした。始業時間になったので、席へ戻っていくのを見送りながら、パソコンの方へ座り直した。

多分、何も変わりなかったと思う。上司に軽い嫌味を言われることすらなかった、むしろ、褒められさえした。後輩の女の子にも、いいことありましたか、などと言われた。なんだかやたら気分が高揚していて、いつも就業時間を一時間過ぎたら帰っているのに、今日はできるだけ進めておきたくて、結局誰もいなくなるまで残業してしまった。

帰りの電車では、なぜか前どこかで耳にした、どうでもいい流行曲の一節がずっと頭から離れずに、繰り返されていた。

夕飯を買うために入ったコンビニは閑散としている。弁当の棚を見渡してみるが、何も食べたいと思わなかった。しかし、明日も働かなくてはならないから、適当におにぎりをカゴに数個放り込む。レジに向かおうとして、猫缶を買わなくてはいけないことを思い出した。気に入ったメーカーのでなければ食べないのだ。二、三個、これもカゴに入れる。少し立ち止まって、買い忘れがないか考える。思いつかなかったので、今度こそレジへ行った。


マンションのホールには二つ隣の部屋の住人がいた。名前も知らない仲なので、軽く会釈だけしてすれ違う。何かを掲示板に貼っていた。勝手に貼り紙をして良いのだろうか、と一瞬思ったが、どうでもよいことだった。

エレベーターに乗る。廊下の突き当たりにある角部屋へ向かい、鍵を取り出した。ドアを開けると、物の少ない1Kが自分を出迎える。

靴を揃えて脱ぎ、ジャケットとスラックスをハンガーに掛ける。風呂場に行き、ユニットバスに湯を溜め、手を洗い、うがいをする。台所へ行き、サバカンの皿に水と缶詰を盛り、いつもの場所へ置いた。自分の夕飯用に、湯も沸かしておく。

それから、仕事用の机に向かい、パソコンを起動する。ペット火葬と検索欄へ打ち込んだ。

『お骨を持って帰りたい、スケジュールがなかなか合わないといった方におすすめです』

個別火葬プランというのがあるらしい。予約の時間はとっくに過ぎていたので、明日の昼休みに電話することにした。日曜まで待つことも考えたが、できるだけ早く済ませたい。明日上司に有給を取りたいと相談してみることにしようと、とりあえずの見当をつけて電源を消した。

台所へ戻るとヤカンから湯気が出てきていた。戸棚の下から取り出したラーメンに湯を注ぐ。タイマーを設定して、サバカンの餌皿を見る。減っていない。また好き嫌いが始まったな、と思った。定期的に猫缶の種類を変えてやらないと、食いつきが悪くなるのだ。全くわがままな猫だった。

ラーメンをすすっていると、風呂場の方から水音が聞こえてきた。しまった、と急いで向かうと、バスタブに入りきらなかった湯が溢れかえっていた。幸い、ユニットバスの外には水が出て行っていなかったので、放っておけば大丈夫だろう。風呂の栓を少し抜いて、水嵩を減らしてから服を脱ぐ。洗濯機に放り投げてから、体を洗い始めると、扉を引っ掻くような音がした気がするので、ドアを開ける。何もいない。また蛇口を捻って湯を浴び始めた。

風呂から上がると、食べかけだったカップラーメンがふやけていた。すっかり忘れていた。残りを食べる気も起きないので、汁を排水溝に捨てた後、麺を生ゴミの袋に入れた。

もう寝ることにして、居間へ行く。ベッドの横にある、座布団の上にサバカンはいた。

「おやすみ」

そう言って、電気を消した。

サバカンは自分が二歳の頃に拾われてきた猫だ。より正確に表現するなら、拾われてきた猫の子供だ。母猫は父が拾ってきた時には衰弱しており、さらに産気づいていた。慌てて知り合いの獣医に診せ、出産は何とかできたのだが、その場で母親は死んでしまった。生まれた子猫は三匹。二匹は無事貰い手が見つかったが、最後の一匹の里親だけが見つからないということで、家で飼うこととなったそうだ。

このおかしな名前は俺がつけたらしい。本当のところは、きっかけになったと言うべきなのだが。とにかく父は俺が名付け親だと言う。

経緯としてはこうだ。

幼少の自分はとにかく食い意地が張っていて、少し目を離すと台所で何かを食べようとしていたそうだ。

その日は戸棚の低い扉を開け放していた。そこにしまってあるのは菓子と常温でも保存の効く食品だった。大人にはわからない言語を唸りながら家荒らしをしている自分が気になったのか、灰色の子猫は近づいてきた。そしてちゃっかり棚の中にあったサキイカを見つけ出した。十分後、父が見た光景は自分と子猫がそれぞれおやつを見つけてボロボロと食べこぼしている光景だったそうだ。

それなら名前は「サキイカ」じゃないかとなるだろうが、なぜかそこから父は「サバカン」という名前をつけた。

後になって、どうしてか尋ねたことがある。

父は二つ理由をあげた。

毛色がサバトラだった事。ちょうど見つけたときにサバカンが鯖缶に乗っかっていた事。そんなに適当でいいのだろうかと思うが、猫の名前なんてそんなものらしい。現に、近所の八百屋に住んでいた猫はそのままヤオちゃんと呼ばれていた。全くもってシンプルな命名だ。そう考えるとむしろうちの猫は凝っていた方かもしれない。

とにかく、サバカンと名付けられた子猫は、すくすくと育った。

猫という種類にふさわしく、それ相応に賢く、それ相応に間抜けなところもあった。賢いところを挙げるなら、人がエサをしまう場所をしっかり見て、誰もいないうちに荒らしたりする時で、間抜けなところを挙げるなら、棚の上に登ったのはいいものの、降りられなくなって家族を大声で呼ぶ時だった。

そして何より気まぐれだった。いつでも構えば喜ぶというわけでもなく、寄ってきたからといって、撫でようとすると引っ叩かれたこともある。逆に、こっちが忙しかったり構えなかったりする時に限って甘えてくる。困らせるのが好きなのかと思ったことがあったが、目を見る限りどこまでも悪気のない顔をしていた。

そもそも猫が、自分のことをどう思っているかもわからなかった。最近はともかく、小さい頃はずいぶんと乱暴なことをしたから。

いや、まず印象について考える時点で間違っているような気がする。なぜなら、彼女の中で小さかった頃の俺と、今の成人した俺が同じ人間かどうか理解しているかもわからない。そんなことは重要なことではないからだ。なんだか知らない奴だけれど、エサもくれるし乱暴もしないからここにいてやってる、ぐらいの認識なのではないだろうか。そう考えると猫を飼うというのも虚しいことのような気がしてくる。

しかし、現に死んでしまった猫を見ていると、これが現実だと思えなくなってくる。すべてのことが何か一枚の膜を通して接しているようで、手ごたえがなかった。明日の朝になれば、動いているのではないか、そんな奇妙な希望が胸に湧き上がってくるのだ。

誰かがドアを荒っぽく閉める音がした。目が覚めてしまったのでベッドから起き上がると、横に置いてあった座布団が目に入った。それから目をそらして、洗面所へ向かう。まだ起きる時間ではなかったが、別にいいだろう。

顔を洗い、うがいをしてから台所へ行く。六枚切りの食パンを一枚取り出し、魚焼き用のコンロに入れた。ヤカンを火にかけてから、冷蔵庫からハムとタッパーに入れたブロッコリーを取り出して机の上に置く。台所の下から猫缶を一つ取り出して、いつもの器にあけておく。残っている分はごみ箱に捨てておいた。

パンが少し焦げたにおいがしてきたので、ひっくり返す。お湯が沸くのにはまだかかりそうなので、ブロッコリーを先に食べてしまう。嫌いだが、ゆでればそのまま食べられるのでよく朝食にする。そろそろだろうと、コンロを引くと、ちょうどいい焦げ目がついていたので取り出して皿の上に置いた。ようやくヤカンから湯気が出てきたので、マグカップにインスタントコーヒーの粉を入れて、お湯を注ぐ。

椅子に座り、一口すすった。香りは好きだが、味はそれほどでもない。たまに喫茶店に行ったときなどに質のいいものを飲んでみたりするが、違いはよくわからない。目が覚めるから飲んでいるだけだ。

ぼんやりと窓の外を見た。都会のアパートにしては珍しくいい眺めで、それが気に入っている。春先なので、もう太陽はある程度昇っている。開け放した窓から心地よい風が吹いてきた。トーストをかじると、いくらかのパンくずが床に落ちた。日曜日には掃除機をかけないといけないと思いながら咀嚼する。食べきってから、ジャムすら塗らずに食べていたことに気が付いた。どうりで口の中が乾燥しているはずだ。

窓際に置いた座布団を見ると、サバカンは昨日と同じ体勢でそこにいた。日光に照らされた体は、柔らかい光で包まれており、昼寝をしているようだった。

まだ誰も来ていないオフィスに入ると、携帯電話が震え始めた。着信元を見ると、父の名前だった。朝が早く、出勤前のこの時間にかけてくることがたまにあるのだ。

出ると、低い声で、おはよう、と挨拶された。一通り世間話をして、お互いに安否を確認しあった。いよいよ切るぞとなったときに、サバカンが死んだ、と父に伝えた。

その瞬間、喉の奥がツンと痛くなり、急に涙があふれてきた。慌てて、父が何か言っているにも関わらず、電話を切ってしまった。

デスクに座り、顔が見えないように突っ伏す。誰も見ていないことはわかっていたが、なんだか非常に恥ずかしく感じた。涙は際限がないように次から次へとこぼれていき、背広の袖口をあっという間に湿らせた。結局、止まったのは十分ほどしてからだった。トイレに行き、顔を洗って目元を冷やす。鏡を見ると、ひどい顔をした成人男性が映っていた。

時計を見ると始業時間が近づいていたので、戻ることにした。顔見知りに何人かすれ違い、あいさつを交わしたが、誰も何も言ってこなかった。優しいのか、無関心なのか、それはわからなかった。

それからは何も問題なく業務は進み、昼休みも終わったオフィスにはけだるげな雰囲気が立ち込めていた。朝早くから作業をしていたおかげで、定時には上がれそうだった。周りを見渡してもそれほど忙しそうではないし、有給の話をするなら今のうちかもしれない。上司の机へ行き申請書を渡す。しばらく申請書を眺めた後に上司は、急な話だが、理由を聞いてもいいかな、と言った。

「飼い猫が死んでしまって、火葬に行きたいんです」

そう言った後の上司の顔を見て、正直に言うべきではなかったと後悔した。

「それは君が行かなきゃならないのかなあ」

返す言葉がなくなってしまう。両親が健在で、そう遠くない場所に住んでいることを彼は知っているから、そちらに任せればよいだろうということだろう。

「できたら僕が行きたいのですが」

ため息をつかれる。ペット一匹の都合で会社を休まれると困るということか。喉元にこみあげてくる怒りか悲しみかよくわからないものをこらえながら、お願いします、と頭を下げる。今度はもっと早く言えよ、と冷たい声が頭上に降りかかってきた。

空はきれいに晴れていた。火葬場は二駅離れたところにあった。いままで病院以外で外に連れ出すことがなかったので知らなかったが、追加の切符を買わなくてはいけないらしい。よくわからなかったので、駅員さんに尋ねて教えてもらった。手回り品という区分らしい。無事買えたので、お礼を述べると、おとなしい猫ちゃんですね、と言われた。

朝のピークを過ぎた時間だったので、車内は人もまばらだった。自分が座った席の列にも誰も座っていなかったので、隣にケージを置く。窓からは、桜の木が町のところどころにあるのが過ぎ去って見えた。多分きれいに咲いているのだろう。

目的の駅に着いた。ホームへ降りて、改札を出る。駅から十五分歩いたところにあるとホームページには載っていたが、初めて歩く土地なので道のりがあいまいだった。それでも大体の見当をつけて、歩き出すことにした。

昨日の夜に父には改めて電話をかけなおした。父は、いきなり電話を切ったことを少し咎め、それからサバカンについての話をしてきた。

「いつ、死んだんだ」

「昨日の朝、もっと前かもしれない」

「起きて気づいたのか」

「そうだよ」

「お前、」

そう言いかけて、父は少し黙った。自分を責めたかったのかもしれないし、もしくは慰めたかったのかもしれない。両方かもしれない。

「明日火葬してくるよ」

「そうか」

「父さんも来たかったと思うけど、あんまり置いておくのも悪いから。ごめんね」

「いや、いい、いい。気にするな」

それから、近いうちにそちらへ帰ることを約束して、電話を切った。

通話履歴を見るとまだ十分しかたっていなかった。いつもなら、近況についてやかましいほど聞いてくるのに、珍しいことだった。やはり父も動揺しているのだろうか。

ケージを持つ手がしびれてきた。行きがこんなものでは帰りはどうなってしまうのだろう、と一瞬思ったが、帰りにはサバカンの体はなくなっているのだった。この重さも味わうことはもうない。急に火葬場へ行くのが嫌になってしまった。燃やさなくたっていいじゃないか。本当なら、腐っていくのが自然のはずだ。

公園がちょうどあったので、ベンチに座る。ケージの蓋を少し開けて、手を入れる。毛皮は柔らかいのに、体は金属のように冷たくこわばっている。そのことが精神を混乱させた。

うっ、と喉元から嗚咽がこぼれた。まだ泣くのか、と驚いている自分がいた。と同時に、まだ泣くよ、と思う自分もいた。

式場は人間のものと違って、ビルの中にあった。インターホンを鳴らすと、老人が出てきた。予約していた名前を告げると奥へ通される。壁いっぱいに動物の写真が貼られている以外は、いたって普通のオフィスのような部屋だ。ソファに座るよう勧められ、今日一日の流れを説明される。お別れの会、火葬、骨の受け取りの順番だそうだ。話をしている間、自分はずっとケージの上に手を置いていたが、何回も老人はそちらへ目を向けて、わかっている、という風に頷いた。それがとても苛立たしく、できるだけ早く終わらせて帰りたいと思った。しかし、骨が焼けるまで一時間以上はかかるそうだから、その希望は叶いそうになかった。

祭壇のある部屋に案内され、告別式のようなものが始まった。

椅子に座ると、老人はサバカンを棺のような箱に入れ、部屋の端に行き何かのスイッチを押した。

『わたしのことを　あいしてくれて　ありがとう』

幼い女の子の妙にぎこちない声が流れ始めた。

『これから　わたしは　てんごくへ　たびだちます』

止めてほしかったが、老人の顔を見ると神妙な表情で祭壇を拝んでいた。声をかけるのもためらわれるほど、一心に手を合わせている。これはサバカンの葬式だったはずなのに、まるで自分の親類が亡くなったかのような真剣さだった。

三分ほどだっただろうか、メッセージのようなものは終わり、部屋は静かになった。どうしたらいいかわからず、ただ座ったままでいると、「どうぞ、お別れを」と老人が言った。

箱を覗きこむと、サバカンがいた。目をつぶって、やはり眠っているようだった。何か言うべきなのかもしれないが、何も思いつかなかった。頭をいつも撫でているように触ってみたが、恐ろしく冷たくてすぐに手をひっこめた。

そのまま席へ戻ると、老人がいいんですか、と尋ねてきた。多分、何も言わなかったことが不思議だったのかもしれない。大丈夫です、と告げると彼は箱へ近づき、ふたを閉める。それから、中庭にある焼却炉へ向かった。とうとう体を焼くらしい。

焼却炉と言ってもコンテナが改造されたようなもので、老人はさらにそこから重たそうな鉄の金庫のようなものを引っ張り出し、サバカンの入った箱を入れた。

「本当の最後です、よろしいですか？」と再び尋ねられた。いいです、と告げると、やはり不思議そうな顔をしていた。

しかし何も言わず、彼はコンテナの横にあるボタンをいくつか押して、最後に一番大きな赤いボタンを少し重たげに押し込んだ。とたんに金庫からゴッという音がする。「火が付きました」としわがれた声が告げる。サバカンが、今、燃やされ始めた。


自分が十歳の時に母は家を出た。

学校から帰ってきて、いつもなら開くはずの玄関の扉が固く閉ざされていた。最初は何か急にちょっとした用事ができたのだろうと思って、庭で借りてきた本を読んでいた。学校で流行っていた怪談本で、やっと自分の番が来たのが嬉しかったのを覚えている。そうやって熱中して本を読んでいるうちに、空が赤く色づき始めたことに気づいた。そこでようやく何かおかしい気がして、不安を感じ始めた。しかし、まだ携帯電話を子供に持たせるような時代でもなかったし、金銭も一切持っていなかったのでどうすることもできなかった。日はますます暮れ、すっかり夜になったころ、父が帰ってきた。玄関先に座り込んでいた俺を見て、驚いた後、持っていた鍵で家へ入れてくれた。二人で台所へ行くと、いつも食事をするテーブルの上に何か書かれたメモが置かれていた。父がそれを手に取り、読んだ。それから、何も言わず自分のポケットに入れた。

一年後に、父が母と離婚をする、と告げてきた。小学四年生の子供だったが、自分は自分の家庭に起きていることが、テレビドラマの中でよく出てくるような話だとうすうすわかってきていた。そうは言っても、母にも一月に一度は必ず会えることになっていたし、学校の行事など父がどうしてもリカバリーできない部分は助け合うということだった。

一緒に住まなくなってから会う母は常に優しかったし、父も以前より自分に構う時間を積極的に作るようになった。もしかしたら、離婚する前よりも両親とは接する時間が増えたかもしれない。

それでもどうしようもなく悲しい日はあった。そんな日は、よく自分の部屋で布団をかぶって泣いていた。父を心配させたくなかったし、もともと人前で感情をあらわにすることがたまらなく恥ずかしかった。時たまサバカンがやってきて、自分の入っている布団の上に乗ったりしてきたのを覚えている。大きい猫だったので、重たかったが、その重みに安心していたのは確かだった。

一時間ほど経ったころ、老人が待合室にいた自分を呼びに来た。どうやら体が焼けきったらしい。先程の祭壇がある部屋とは対照的な、白い壁の無機質な場所に案内される。部屋の中央には大きな机があり、その上にはサバカンの灰と骨が散らばっていた。焼却炉から出したてだったため、湯気がほかほかと立ち上っていた。それが今の状況とあまりにも似合わなくて、なんだかあっけにとられて見てしまう。立ち尽くしている自分の向かいに老人は立って、これが首の骨、これがしっぽの骨、とはっきり形が残っている骨の解説をしていく。これではなんだか葬式というか、化石発掘のようだ。

おおよその説明を終えると、老人は長い箸を手渡してきた。骨を拾え、ということだろう。一番目に付く頭蓋骨をまずつかむ。はるかに長い箸先でものをつまみ取るのは意外に難しい。なんとか骨壺に納めて、次の骨を探す。正面では、老人も同じように骨をつまみ上げている。さすが本業というべきか、すいすいと手元の骨を拾い上げていく。それに倣い、次につかもうとした骨は小さく、ころりと箸から転げ落ちてしまった。とっさに手を出して掬い上げる。とたんに、熱さが手のひらを焼いた。老人が慌てて冷やすものを取りに行くといって、部屋を出ていく。自分はやけどした手を見ていた。

骨壺を抱えて家に帰る。もう焼かれてから一時間も経っているのに、まだ温かい。どこへ置くべきか、少し悩んだ後にベッドの脇にある電灯台に置くことにした。起きて最初に目に入るが、他にちょうど良い場所がなかった。

春先とはいっても、まだ夜になれば寒い。ベランダの外は日が暮れ始めていた。電気をつけて、風呂を沸かしに行く。スイッチを押してから、居間へ戻ってソファに座った。

おかしな夢を見た。黒くて大きな塊が窓から入ってきて、この部屋を歩き回っている。縦横無尽に棚や机を倒していき、室内はめちゃくちゃになっていく。しかし、ソファに座っている俺は一ミリたりとも体を動かすことができない。そして、ベッドまでその影は行くと、サバカンの骨壺に手をかけた。それも倒すのか、と思ったとたん、やめろ！　という絶叫じみた声がのどから飛び出た。

自分の声で起きるなんて初めてのことだった。テレビをつけ、何を見るわけでもなく適当に眺めていたら、いつの間にか眠ってしまったらしい。外はもう真っ暗になっている。開け放していた窓から吹いてくる風がとても不快で、すぐに閉めた。と同時に、体の節々が痛いことに気が付く。芯のほうから冷え切ったように、震えが止まらない。とにかく体を温めなくてはいけないと思ったので、風呂場へ向かう。すぐに服を脱いで、浴槽へ入る。体の表面は温まっていく感覚があるが、どうしても身体の中心に一番近いあたりが冷たくて、どうしようもなく寒い。

しばらく湯につかっていても変わらなかったので、そこそこにして上がる。もう寝てしまおうと、押し入れから一枚毛布を引っ張り出す。布団と共にくるまって目を閉じた。しかし、頭は際限なく痛み、今にも何かが逆流して口から出そうだった。

眠りが来るように、深呼吸をしたり、無意味な音だけを頭の中で流してみたりしてみたが、効果はなく、仕方なくあきらめて薬を飲むことにした。ただ、何か少しでもいいから腹に入れておいた方がいいと思い冷蔵庫を開けたが、すぐに食べられそうなものが何も入っていない。菓子でもいいと思い、戸棚や、食べ物を置いてある場所をすべて見てみたが、まったくの空だった。最後に、キッチンシンクの下にある戸を開けると、猫缶が積まれているのが目に入ってきた。少しためらったが、人間が食べて害をなすことはないだろう。熱にうなされた頭は手を伸ばした。

生前のサバカンが気に入っていたカツオフレークを開ける。スプーンを取り出すのも面倒だったので、指でつまんで口に運んだ。

お世辞にもうまくはなかった。薄いツナ缶のような味だ。それでも食べられないほどではなかったので、とにかく口へ入れていく。半分ほど無くなったところでもう十分だろうと思い、用意してあった薬を水道の水で一気に流し込む。吐き気を抑えながら、布団へ戻る。今度こそ眠るしかない。目を閉じて、数字をゆっくり数える。
一、二、三、四……。三百五十八まで数えたあたりで、ようやく意識がゆっくりと薄らいでいった。
朝起きると熱は引いていて、何か憑き物が落ちたようにすっきりとした気持ちだった。すべて夢のようだった気がするが、ベッドサイドに置いてある袋に入った骨壺が、現実だと教えてくれる。手を伸ばして、いつもやっているように撫でてみた。当たり前だが、ふわふわとした毛の感触はなく、ただ骨袋のつるつるとした生地の上で手が滑っていっただけだった。

会社へ行くと、上司が不機嫌そうに挨拶をしてきた。有休をとらせてもらったことに関しての感謝の言葉を述べ、何とかやり過ごす。自分のデスクに座ると、なんだか窓の外がやたらとまぶしい気がした。見てみると、会社のビルの外にある並木には、桜の花が咲いていた。

春が来たのだ。

夏

雨はあと十分もすれば止みそうだった。コンクリートの上ではねる水しぶきを見つめながら、傘を開くかどうか考える。駅前のロータリーには何台かタクシーが停まっていたので、それに乗るのもいいかと思い、手を挙げると、すぐにその中の一台が来てくれた。乗り込んで、住所を告げると車はすぐに発進した。

思った通り、雨は十分ほどで止んだ。やはり歩けばよかったかもしれない。そんなことを考えているうちに、目的の場所へ着いた。

門扉を開いて玄関の前まで行く。インターホンを鳴らして、少しの間があった後に返答があった。名前を言うと、すぐにドアは開いた。

「おかえりなさい」

レースのテーブルクロスが敷かれたダイニングテーブルに座ると、冷たい紫蘇ジュースを義母が出してくれた。それとナッツが山盛りの皿も。

「元気そうでよかったわ」

相変わらず青いアイシャドウが濃すぎるぐらいに塗られた瞼でこちらを見てくる。ゆるくパーマのかけられた髪は明るい茶色に染められている。

義母は自分が高校二年生の時に父と結婚した。通っていた陶芸教室の生徒同士だったらしい。詳しい話は聞いていないので、それしか知らないが。

彼女は活気のある女性だった。遠慮なく家庭に入ってきて、あっという間にこの家を自分の住みよい場所に変えてしまった。父と自分で何となく分担していた家事の仕方から、インテリアまですべてが義母好みに変えられた。オーガニック、白いレース、しかしなぜかすべてが安っぽい。他人の趣味に口出ししたくないが、自分の好みではなかった。

義母の隣に座っている父は、自分と二人で暮らしていたころと違って、だいぶ肥えてきた。青いポロシャツの襟が首に食い込んでいて、苦しそうだった。野菜中心の食事だから太るとは思えないのだが、酒の量が増えてきているらしい。あたしが寝た後にこっそり酒盛りしてるのよ、と電話口でぼやいていた義母がまた話しかけてくる。

「雨ひどかったわね、濡れなかった？」

「タクシーで来たから大丈夫だったよ」

「豪勢なやつだな」

「いいじゃない、健くんだってもう社会人なんだから」

そう父をたしなめながら、義母がちらりとこちらを見る。昔からその目つきがあまり好きではなかった。それから仕事はどうだだの、いい人はいるのかだの、まあいつもの決まりきったことを質問され続けた。

「それよりもさ、持ってきたよ」

うんざりしてきたので、カバンの中から小瓶を取り出して、食卓の上に置く。それを見たとたんに、二人とも口をつぐんだ。

電話がかかってきたのは、一週間前のことだった。いつもなら父の携帯からかかってくるはずだが、実家の固定電話の番号が表示されていたので不思議に思いつつ出ると、サバカンの遺骨を分けてほしいという話をされた。お父さんがねえ、時々ぽつぽつ言っているのよ、寂しいなあって、だからね健くん、少しもらうことってできない？

電話を切った後に、昔星の砂を入れたキーホルダーを買ったことを思い出して、押し入れの中にしまっていたがらくたを詰めた箱を取り出した。中の砂をごみ箱に捨てて、骨壺からいくつかの骨と灰を取って詰めた。そうするとまるで遺灰のように見えず、別のもののようだった。

目の前の二人もそう感じたらしく、すぐにあれやこれやと話し出す。死というのは人を沈黙させる、とどこかの本で読んだことがあった気がするけれど、これほど小さくなってしまえばあまり効果はないようだ。

「ずいぶん小さくないか」

父が瓶をつまんで、不満げな声を出す。

「いいじゃないの、量じゃないでしょこういうのは」

予想通り、義母はあまり気にしない様子で父をたしなめる。それから自分のほうに向きなおって、昼食は食べていくか尋ねた。

「楓と約束してるから」

「あら、そう」

ジュースを飲みほして、立ち上がる。家に入ってから一時間も経っていないが、用事は済ませたのでもうよいだろう。何か言いたげに父はこちらを見ていたが、気付いていないふりをする。

適当にまた来るなどの常套句を口にしながら、部屋を出ていこうとすると義母に呼び止められた。

「この間風邪ひいたんでしょう、これ、お湯で割って飲むといいわよ」

生姜シロップが入った紙袋を渡される。ずっしりと重いそれは義母のお手製であると、以前父が電話で言っていた。これから人と会うので持っていきたくはなかったが、無下にすることもできず礼を言って受け取った。

玄関を出ると、雨上がりの空に残っている雲から、太陽が顔をのぞかせていた。これから暑くなりそうだった。

待ち合わせ場所は隣駅のファミレスだった。もう着いている、とメッセージが来ていたので、友人が先にいます、と言って通してもらう。一番奥の窓際のボックス席でパフェを食べている人影を見つけて、向かいの席に座った。

「ひさしぶり」

「おう」

そういって座っても特に会話は始まらない。自分はメニューを見ているし、楓は熱心にパフェを食べている。長いスプーンで一番底にあるコーンフレークを取り出そうと必死にほじくっているのを傍目に、注文を済ませた。

「やせたか？　顔がげっそりしたな」

「まあ少し」

「肉を食え肉を、やっぱり人間に肉食べないとダメだぞ」

「パフェ食べているじゃないかお前」

そう指摘したが、ふん、と鼻で笑って一蹴された。

「実家はどうだった？」

「別に、特に変わったこともなかったよ」

「ふーん」

尋ねてきたのはそちらのくせに、まったく興味がなさそうだ。食べ終わったパフェの器を端に寄せて、またメニューを物色し始めている。まだ食べるのか。

「お前は？」

「なんも変わってない。フリーターで、時々物書いてる」

「いくつ書いた？」

「十編ぐらい。読む？」

「いや、いい。俺にはよくわからない」

目の前の男、三山楓は高校時代の同級生だった。他にも仲の良い奴はたくさんいたが、結局自分が社会人になっても連絡を取り合っているのはこいつだけになってしまった。

特定の職には就いておらず、アルバイトと小説の執筆で日々を過ごしているらしい。だからか比較的いつでも予定を合わせやすい。男性にしては長い髪をいつも一つにくくり、冬は白いケーブルセーター、夏はアロハシャツしか着ない。秋と春だけ服装にバリエーションがあって、無地の七分丈やトレーナーを着ている。今は7月なので黒地にハイビスカス柄のアロハシャツを着ていた。

「横のでかい紙袋は？」

「生姜シロップだってさ」

「おばさんが？」

「そう」

「いかにもだな」

運ばれてきたパスタに手を付ける。いつもそうだが、一口食べてから間違えた、と思ってしまうのはなぜなのだろうか。もっといいものがあった気がしてしまう。

「これから友達に会うって言ったんだけどね」

「余計なお世話ってやつか」

「そう」

頷くと、楓は憎たらしい笑みを浮かべていた。

「なんだよ」

「いや、機嫌悪そうだなって思って」

「別に」

「パフェ一口いるか？」

「いらない」

それからは特に何も話さずに、食事を進めていく。食べ終わりそうなころに、また楓は話を始めた。

「この間考えてたんだけどさ、傷ってナイフとか、まあ何か物に作られるものって思ってるだろ？　それが逆だったらって考えてみたんだよ。もともと見えないけど傷はあって、そこにナイフがはまってるんじゃないかって。傷は作ってるんじゃなくて、作られているとしたらさ。っていうネタで書いてみようかと思うんだけど」

「なんだか聞いたことのある話だな」

「え、本当か」

少し思い出そうと考える。教科書で読んだことがあるような気がしたのだ。それから少しして、間もなく夏目漱石の「夢十夜」だとわかった。それを伝えると、あーと気の抜けた声で楓は頭を抱えた。

「つまらん、新発見！　って思っても偉大な先人がもうやってしまってるんだから」

「ま、あきらめるなよ」

「最近こんなことばっかりだ。もう新しいことってないのか」

「新しければいいってものでもないだろう。同じテーマで同じ作者が何個も作品を創るのはそういうことの証明だろうし」

そう言うと、あっけにとられた顔で楓はこちらを見た。

「お前がそんなこと言うなんて珍しい。いつも適当に相槌打つだけなのに」

「たまには意見ぐらい言うよ」

「いや、いや、別に責めてるわけじゃないよ。むしろ嬉しいね」

機嫌が直ったのか、彼はにやにやしながらいつの間にか運ばれてきたカレーライスにスプーンを差し入れる。さっきパフェを食べたのが嘘みたいな速さで皿の中身を減らしていくのを見ながら、フォークを置いた。

店員がめざとく空になった器を下げに来た。周りを見渡してみると、人が増えてきたらしい。早く出ろということか。食べ終わった彼も気が付いたらしく、皿をテーブルの端に寄せて荷物をまとめる。

ファミレスを出てからは服を買いたい、と言う楓のために少し駅から離れたモールに行くことになった。駅前から直通の無料バスがあるのでそれに乗っていく。荷物になるので、生姜シロップはコインロッカーに預けていくことにした。土曜日の午後ということもあり、車内は少し混んでいた。老人や子供もいたので、二人とも立つことにして、横並びでつり革を掴む。まもなくしてバスが走り出した。揺られながら、窓の外を眺める。

高校時代はよくこのあたりで遊んだものだが、ずいぶん街並みは変わっている。見慣れない店やマンションが増えて、懐かしさだとかそういったものはあまり感じなかった。そう思っていると、記憶に残っている建物がそのまま目の前に現れてきた。

それは一見して奇妙な形をしており、意識しなくても覚えてしまうほどのインパクトがあった。なにしろロケットの形を模しているのだから。

「あれ、まだあったんだな」

「ああ、まあ名物みたいなものだしな」

自分と同じ建物を見ていたのか、子供がおかあさんあれなあに、と隣の母親に尋ねる。母親は何と答えたらいいか悩んでいた。何しろあれはラブホテルだ。正直に教えるのも憚られるのだろう。

「懐かしいな」

そう言うと、楓は複雑そうな顔をした。


モールは最近できたものらしく、流行りの店から大手アパレルチェーンなどが入っていた。バスに乗っていた時からわかっていたが、なかなかの盛況ぶりだった。

しばらく楓の買い物に付き合い、モールの中をぶらぶらとした。そのうちに日が落ちたので、夕飯を食べようという話になり、再び駅前に戻ることになった。

行きつけの店がある、と楓は紙袋を持った手で西口側にある商店街を指さす。細い路地には今から営業を始める店たちの明かりがつき始めているころだった。その中の、エスニックな見た目の店に彼は入っていった。


「いらっしゃい」

店内は薄暗く、あまり聞きなじみがない音楽がBGMとして流れていた。異国情緒あふれる雑貨や家具に囲まれ、自分が食べられるようなものがあるのか少し不安になった。店長らしいひげを生やした熊のような大柄な男性に、楓が挨拶をする。ずいぶん親しいらしい。自分も紹介されたので、軽く愛想笑いして名前だけ告げた。

席についてメニューを開くと、案の定よくわからない料理名がずらりと並んでいる。楓のほうを見ると、もう頼むものは決めたようで運ばれてきたお冷をのんびりと飲んでいる。

からかわれるのを覚悟で、料理の内容を教えてくれと頼むと、今日はコースだから大丈夫だ、とあっけからんと言われてしまった。

「そういうことは早く言ってくれよ」

「色々食べたいだろ、初めてだろうし」

そういっている間に、真っ赤なスープとクルトンの乗ったサラダが運ばれてきた。料理が冷めてしまうのは嫌なので、文句もそこそこにして食べることにする。一口すると、辛みが舌を刺す。てっきりトマトかパプリカの赤さだと思っていたので面食らってしまった。しかし味はよく、少し癖があったがとてもおいしかった。その後運ばれてきた料理もまったくなじみのないものばかりだったが、どれも日本人の舌に合うように変えられているのか、問題なく食すことができた。

一通り出尽くしたらしく、三杯目になる酒を傾けながら、豆のコロッケらしいものを二人でちょこちょこつつく。お互い酒には弱くないので、楓はまだほんのりと顔が赤くなっている程度で、酔っぱらった様子はなかった。しかし自分はいつもよりアルコールが効いたのか、周りのものがふわふわとして見える感覚が早々にやってきていた。

「酔ったかもしれん」

「早くないか」

「まあ、一日中歩いてたしな」

気分が悪いわけでもないし、明日も休日なのだから、多少羽目を外してもいいのだが、自宅まで帰れなくなったら困る。その不安も見越しているのか、俺が送ってやる、と言われた。

それならもう少し飲んでもいいかと、店員を呼び止め追加のアルコールを注文した。去っていく後姿を見ていると、楓が尋ねてきた。

「そういえば、何の用事で帰ってきたんだ?」

「サバカンの遺骨分け」

それまでの表情が一転した暗い顔であぁ、と楓が頷く。父の次にサバカンが死んだことを教えたのは彼だった。

「まあ、結構もうおばあちゃんだったからさ」

「そうだけど、突然だったんだろ?」

「うん。朝起きたらね」

そうか、と呟いたきり楓は黙った。普段は口数の多いやつが静かになるとこちらも調子が狂ってしまう。

「寿命だよ。仕方ない」

「うん、そうだよな」

しばらく沈黙が続いた。その間に頼んだおいた酒が運ばれてきて、自分はちびちびと飲みながら楓がサバカンと初めて会った時のことを思い出していた。

高校の時、家に楓が遊びに来た日は土砂降りの雨が降っていた。どうしてそんなことを覚えているのかというと、結局その日は電車が動かず、彼が泊っていくことになったからだ。

雨にずぶぬれになって、荒っぽく玄関を開けても咎める人は誰もいなかった。しんとした家に、やいやい言いながら楓が家に上がっていく。初めて来たくせに勝手知ったる我が家のように進んでいくのを慌てて止めて、洗面台で体を拭くよう勧めた。その隙に自室を軽く片付ける。見られたくないものを適当にベッドの下に押し込んだ。すると、悲鳴が聞こえた。何が起きたのかと手洗い場に向かうと、しりもちをついている楓がいた。

「どうした」

「あそこになんか光ってて」

指さす方向には風呂場があり、浴槽の蓋の上にサバカンが箱座りをしていた。自分にとっては見慣れた光景だが、確かに不気味とも言えなくなかった。

「飼ってる猫だよ。ほら、おいで」

抱きかかえて目の前に座らせる。しばらくじっと見つめあった後に、楓が手を伸ばした。その手にすかさずサバカンがかみつく。

「あっこいつ」

「こら」

手を鳴らすと、ひるんだようにすぐに顔をひっこめた。なぜか楓のほうがいいのか、と心配してくる。

「あんまり怯えさせたりとかはダメなんじゃないか」

「悪いことしたらすぐしつけなきゃ、前後関係がわからないと覚えないからさ」

そうかあ、と納得したように頷く彼にほら、とサバカンを再び抱えなおして差し出す。恐る恐る受け取って、膝の上に乗せたあと、ぎこちない手つきで撫で始めた。これでいいのか、と呟く彼の不安を汲んだわけではないだろうが、彼女はゴロゴロと喉を鳴らし始めた。

お互い落ち着いたようなので、気が済んだら適当に放していいと伝え、タオルと着替えになりそうな服を取りに部屋を出た。自室のタンスに中学時代のジャージが入っていたので、適当に選んで持っていった。まだ洗面所にいるのかと覗いてみると、電気もつけずに薄暗い中、一人と一匹は穏やかにそこにいた。

「着替え持ってきたから、ほら」

「あ、サンキュー」

「猫好きなんだな」

「うーん、多分。あんまり動物に触ったことないから、よくわからないけど」

「かわいいと思うんなら十分だよ」

「じゃあ、好きだわ」

なんだそれ、とおかしくなって笑ってしまう。サバカンも自分の話をしていることがわかったのか、一声鳴いた。

「おっ、こいつ賢いな。返事したぞ」

「お前よりはいいよ」

「なんだと」

「こいつ自分でドア開けて時々脱走する」

「えっ」

「しかも一時間ぐらいでちゃんと帰ってくる」

「すげえ」

「それでも危ないからいろいろ対策してるんだけど、いまだに年に二回ぐらいはやられるな」

お前のことだぞ、と頭をなでるともう一度サバカンはナァ、と鳴いた。


「起きろ」

目を覚ますと、そこはまだ居酒屋の店内だった。もう荷物を持った楓が横に立っている。眠りこけてしまうほど飲んでしまったのか。立ち上がろうとすると、コップ一杯の水を手渡された。

「これ飲んで少し落ち着け」

「ごめん」

楓は不思議そうな顔をした。ここ数年は会うたびに酒を飲み、お互いにどちらかが泥酔して世話をするというのが恒例のようになっていたのだから、何を今更だと思うだろうが、なぜか、自分の胸にあふれているのはよくわからない後悔の気持ちだった。

もう一回同じようにごめん、と繰り返した。楓はただ、困惑したように立ち尽くしていた。

「なあ、お前大丈夫か?」

数分続いた沈黙を破るように、楓がそう言った。

「……ちょっと飲みすぎたよ」

「ああ! うん、まあ、そうか」

それじゃあ帰ろう、と一口で水を飲みほして立ち上がる。レジで先程の店主が心配したようにタクシー呼びましょうか、と言ってくれたが、丁重に断っておいた。店を出るとじっとりとした空気が体にまとわりついてきて、冷房で冷やされた体を熱くしていく。少し寝たおかげか、少しだけ足取りがぐらつきながらも気分は全く悪くない。楓は心配げに横を歩いてくれているが、駅まではあまり距離がなかったのですぐに着いた。彼と自分は反対方向の電車だが、乗り込むところまで見送る、と言うので同じホームに降りる。

「迷惑かけたな、ありがとう」

「次の夕飯をおごってくれ。それでチャラな」

だから気にするな、と楓は手をひらひら振った。アナウンスが電車の到着を告げる。もう終電が近いせいか、乗り降りする人影もまばらだ。

別れの挨拶をするために振り返ると、楓が真剣な表情でなあ、と言った。

「どうした」

「俺じゃ頼りにならないと思うけど、何かあったら連絡しろよ」

どんなことでもいいから、と言って、それから何もなかったようにじゃあな、とまた手を振った。何か言おうとしたが、ドアが閉まっていく。そのまま電車は走り出した。あっという間にホームは遠ざかって、夜の街の明かりが次々と流れていく。適当な席を見つけて座ると、周りも同じような酔っ払いや仕事終わりのくたびれた人ばかりで、それなりに人がいるのに車内は奇妙な静寂に包まれていた。向かいのドアの端ではカップルが周りなんて見えないように振舞っていて、思わず目をそらす。気を紛らわそうと窓の外を見ると、さっき見たロケットが見えてきて、もう目を閉じることにした。


確かその日も二人でこのあたりに遊びに来ていた。期末テストの最終日で、お互い部活にも入っていなかったので、解放感に身を任せて遊んでいた。適当に安いファミレスで昼食を食べ、ゲームセンターでクレーンゲームのアームが弱いと文句を言い、カラオケのフリータイムでダラダラと過ごした。これはいつものコースで、小遣いの少ない学生でもそれなりに楽しく過ごせる遊び方だった。

しかし、その日は楓がヤクザの事務所を見に行こうと言ってきた。

「西口にさ、ラブホとかキャバクラが集まってるところあるだろ。あそこにあるらしいんだ」

自分は行きたくないと言ったのだが、結局楓に押し切られる形で見に行くことになった。流石に目をつけられたり絡まれたりしたら怖いので、遠くから眺めるだけだが、ちょっとした肝試しのようで、正直なところ自分も少しワクワクしていた。

「確かな、大通りから入ってすぐに右に曲がるんだ」

そうすれば熟女バーがあるから、その横にある道を奥に進むとそこにあるらしい。制服で繁華街を歩くだけでもだいぶスリルがあるが、まあ昼間なので大丈夫だろうと、大通りを進んでいった。

「曲がる道はわかってるのか」

「ああ、あのロケットのところだから」

それなら大丈夫だろうと思った。あの頓珍漢なデザインの建物を見逃すことはないはずだからだ。

「ああ、あれだ」

昼間には繁華街の多くの店は閉まっているのに、どうしてラブホテルは開いているのか、という話をしながら角を曲がった。

「やっぱりあれだろ、不倫」

「今しか会えないってこと？」

「そうそう、旦那が会社に出かけてから〜ってやつ」

「そんなベタ、な……」

笑い飛ばそうとした言葉が、止まった。見覚えのある背中が、ラブホテルの前にあったからだ。

「どうした？」

楓が急に黙った自分を不審に思ったのか、肩を叩いた。目の前の男女は、今にも建物に入るところで、横を向いた顔が一瞬見えた。瞬間、その場から走り出した。

「え、おい、健！」

制止の声も聞かず、さっき通った道を走り抜けていった。足が止まったのは、駅前まで戻ってきたところで、道の端の電柱に寄り掛かった。後から楓がぜえぜえと息を切らして追いつく。

「なんなんだよ」

体中の血液がものすごい勢いで循環していくのがわかった。自分の鼓動の音だけが聞こえて、しばらく何も話せなかった。少し息を整えてから、楓に謝った。

「ごめん」

「本当だよ。急に走り出して」

「あれ、俺の、父さんかも」

えっ、と楓が絶句する。その後、何か言いたげに口を開いたが、結局、コンビニ行こ、とだけ言って黙った。それから飲み物を買って、駅のホームのベンチに座り、プルタブを引いた。炭酸のはじける音が爽やかに耳を打った。

二人とも、黙ってジュースを飲んでいた。昼間の駅は人がまばらで、ホームの端の方には鳩が何匹か歩いていた。何もないように見える床をそいつらがずっとついばんでいるのを、自分はじっと見ていた。

「不倫ってことか？」

唐突に楓がそう言った。あまりにも直球すぎるだろう、と思ったが、この時はこれでよかったのだと思う。今はそう思う。現にその時、自分はなんだかおかしくなってしまった。

「いや、不倫じゃないよ」

うち離婚してるから、と笑うと、楓はほっとしたようだった。

「あの女の人、知ってるのか」

「ううん、初めて見た」

「そうか」

それはなんていうか、と楓が呟いた。しかしその続きを言うことはなく、黙ってしまった。それでも言いたいことはわかった気がした。

結局その日はそのまま解散となり、自分は家に帰った。

それから数週間して、父が義母を家に連れてきた。挨拶をするその女性は、確かにあの日、父の横にいた人物だった。

「はじめまして」

人当たりのよい笑顔で話しかけられ、うまく返事をできないままでいると、父が責めるような視線を向けてきた。いっそこの間お前らの密会を見たぞ、と言ってやろうかと思ったが、そんな勇気もなかったのでやめた。

その時、サバカンが部屋に入ってきた。義母もそれにすぐ気づき、あら猫ちゃん、と手を伸ばして呼んだ。しかし、何か気に入らなかったのかそっぽを向いてすぐ出て行ってしまった。いつものことだったが、義母がその時ぼそりと呟いた。

「愛想悪いわねえ」

父には聞こえていなかったようだが、自分の耳には届いた。腹のあたりにじんわりと嫌な気分が広がっていった。

それからなんとなく、一度も義母とは目を合わせていない。

最寄りの駅に着くころには酔いも醒めてしまって、すっかり沈んだ気持ちで家路をたどる。終電間近だというのに、駅前の繁華街はまだ賑わっていて、どの人もみんな楽しそうだった。ずっしりとした生姜シロップの入った瓶も相まって、足どりがますます重くなる。

エレベーターは一番上の階に停まっていた。降りてくるまでの間に掲示板の張り紙を見る。マンション清掃のおしらせ、騒音の苦情に埋もれるように、春ごろの日付が書かれた一枚の張り紙が目に入った。

『探し猫
・白黒の鉢割れ、赤い首輪
・人見知りが激しいです
・見つけたらここまで』
そう書かれた下に部屋の番号が書かれていた。自分の隣の隣の部屋番号だ。春あたりに貼り紙をしていたのを見た気がするが、このまま残っているということはまだ見つかっていないのだろうか。そこまで考えたところでエレベーターのドアが開いた。

部屋の扉を開けると、暗がりの中で小さな光がちかちかと瞬いているのが見えた。電気をつけてみると、光は留守番電話の通知だった。引っ越してきた当時に父が置いていてくれたものだが、今となっては携帯が主な連絡手段となってしまったので、久しく誰からも電話はかかってこない。はずだったのだが。

留守番電話のボタンを押すと、プーッという音の後にメッセージが流れ始めた。

『健、久しぶり。お母さんです。今度会って話したいんだけど、大丈夫な日があったら連絡してください』

ゴゴ、サンジ、サンジュウ、ニフン、デス。

無機質な音声が時刻を読み上げるのを聞きながら、自分は椅子に座り込んだ。

目を閉じると様々なことが瞼の裏に駆け巡っていく。サバカン、母、家の仏壇、義母のけばけばしいアイシャドウ、父のくたびれた靴、会社の廊下、前に行ったどこかの港、爪痕のついた柱。気分が悪くなってきたのでコップ一杯の水を飲む。大きく息を吸って、数字をゆっくり数える。

眠りたかった。何もかも忘れてぐっすり眠りたかった。混乱しているのだ。

その後すぐベッドに入ったが、結局眠れないまま夜が明けた。朝が来たことにいち早く気が付いた蝉の声が、次第に喧しくなっていく。太陽が昇ってきた。カーテンの隙間から漏れ出た光が目を刺して、今日一日が暑くなることを予告しているかのようだ。もう諦めて、ベッドから起き上がった。コーヒーを淹れ、椅子に座る。いい加減に片づけなくてはいけないな、と部屋の端を占めているキャットタワーを眺めながら、しかし俺は動くことができなかった。

秋

日が落ちるのがだんだん早くなってきている。会社を出るともうあたりは真っ暗になっていた。着信を確認すると、駅に着いたというメールが五分前に送られてきていた。あと十分待ってほしいと返信してから、待ち合わせ場所までの道を急ぐ。夜の空気は肌寒く、来週はもう少し厚いコートを出そうと思った。掛け布団も厚手のものに変えよう、明日は布団を干そう、と考えながら歩いていると、向かいから見覚えのある人物が近づいてきた。

「母さん」

「ああ、健」

待ちきれずにこちらに歩いてきたらしい。すれちがいになったらどうするのだとも思ったが、現にこうして会えているのだから何も言わないことにした。

以前会ったのは二年前だろうか。社会人になったお祝いをしてもらった時だったと思う。少しやせた気もするが、元気そうだ。手触りのよさそうな黒いコートがよく似合っていた。

二人で並んで銀杏並木を歩く。地面に落ちた黄色い葉が、多くの通行人に踏まれて茶色く汚れているのを見ながら歩いていると、猫背になっとるよ、と言われた。思わず背筋を正すと、母との身長差が一気に増した気がした。

「お母さんねえ、ここ行きたいんだけど」

雑誌の記事だろうか。切り取られたページを渡された。相変わらずアナログだ。

「地下鉄で三十分ぐらいかかるけど」

「近いじゃない」

東京で暮らしている自分にはちょっとした距離だが、平気なら別に構わない。ちょうど見えてきた地下への通路へ進んでいくと、下からの風がぶわりと自分たちを包み込んだ。少しよろめいた母を片手で支えると、驚くほど軽かった。なぜかそれにぞっとして、手すりに掴まるように言ってすぐ手を離す。

ホームへ降りるとちょうど電車がやってきたので乗り込む。車内はそれなりに混んでいて、自分と母はドアの横に向かい合って立った。

「地下鉄って暗いのねえ」

「当たり前だよ、地下なんだから」

「ううん、わかってるんだけど、やっぱり実際乗るのとは違うじゃない」

車内は煌々と蛍光灯が光っており、そこここに影を投げかけていた。乗客たちは何も見るものがないからか、手元のスマートフォンか本かを各々読んでいた。ナレーションが次の駅を読み上げる。あっという間に着くね、と母が呟いた。車体がホームへ滑り込み、緩やかに停車していく。完全に動きを止めた後に一拍の間をおいてから、扉が開いた。どうやら乗り換える人が多いようで、一気に人気がなくなった。席もいくつか空いたので、隣り合って座る。

自分から話すことも思いつかず、それは相手も同じだったのか、無言が続く。何か話したいことがあると言っていたが、目的地に着いてからなのだろうか。


先週父に電話をして、母と会うと伝えた。

『そうか、よろしく言っておいてくれ』

元妻に対して、自分の父は離婚したての頃から変わらずあっさりとしている。小学生や中学生の頃は学校行事に二人で来てくれることもよくあった。どうやら両親の間には、離婚したことによるためらいだとか気まずさがないようだ。

「うん、わかった」

『それよりお前は最近どうなんだ』

「変わりないよ。元気だし、仕事もまあまあだし」

『そうか』

少しの沈黙の後、父はこう切り出した。

『なあ健、部屋を引っ越そうとは思わないか？』

「どうして？」

「ペット可の部屋は割高だろう。父さんの知り合いに大家をしている人がいてな、部屋を安く貸してくれるそうだ」

何も言わずにいると、父は話し続ける。

「別に今すぐぐって話じゃない。ただこれからのことも決めないと駄目だろう。それともお前、また猫を飼うつもりか？」

「…………」

「辛いのもわかるが、もう半年も過ぎたんだぞ。次の更新までには決めておけ」

返事が来ないことも構わず、それだけ言って父は電話を切った。スマートフォンを机に置いて、ため息をつく。そろそろ言われるだろうと自分でも思っていたが、わざと考えないようにしていた。

窓際に立って部屋を見渡してみる。玄関、その横に台所。居間には椅子と机が置かれていて、その横に本棚、キャットタワーが並んでいる。その下にサバカンの寝床と適当に箱に詰め込まれた遊び道具があった。箱の中身を探ると、まだ未開封のものがあった。ちょうど死んでしまう一日前に買ってきたものだった。

もしここを出ていくなら、これらも処分するしかない。

父の言うことはもっともで、どうしたってペット可の物件は家賃が高くなってしまう。まだ平社員の自分には経済的余裕もあまりないし、必要以上の出費を抑えたいと思うのは当然のことだ。しかし、それを考慮に入れても、この部屋を出たくないという気持ちがどうしてもあった。


母が行きたいと言っていた店はチョコレートの専門店だった。二階にカフェスペースがあって、そこで出されるパフェが食べたかったらしい。間接照明だけの薄暗い店内に通されると、さっそくメニューを開く。結構な値段だったが、かといってこの場で言うのも野暮なので、黙って一番安いホットチョコレートにしようと決める。

「健は何にする？」

「ホットチョコにしようかな」

「あら、それでいいの？」

甘いもの嫌いじゃなかったでしょう、と首をかしげられた。あいまいに笑ってごまかす。

「お母さんのおごりよ」

「いや、自分の分は払うよ」

「呼び出したんだからいいの。好きなもの食べなさい」

結局押し切られる形で、ブラウニーも併せて頼むことになった。少しして、紅茶とホットチョコレートが運ばれてくる。一口啜ると、苦みの強い深みのある味が舌の上に広がった。甘くないのが意外だったが、これならケーキと一緒に食べても平気なのかもしれない。母は、ポットに入ったお茶を自分で注いでいた。

「それで、話したいことって何？」

ようやく本題を切り出す。ここまで来たんだし、もういい加減聞いてもいいだろう。

「ああ、そうね。うーん」

歯切れの悪い返事をしながら、紅茶を一口飲む。いつもは割とハキハキ話す方だから、珍しい。促すように視線を送ると、少し間をおいて話し始めた。

「お母さんね、再婚しようかと思って」

思わず口に含んでいたホットチョコを、熱いまま飲み込んでしまった。喉が焼けつくように痛み、咳き込んでしまう。母が呼んだ店員が水を持ってきてくれたので一気にあおり、食道を冷やす。

「大丈夫？」

「だ、大丈夫」

「そう。それでね、この年で結婚式は流石にしないつもりなんだけどね、食事会でもしませんかって話になって」

「うん」

「健もお母さん側で来てほしいの」

母の両親はだいぶ前に亡くなっているし、一人っ子だから兄妹もいない。だからといって父を呼ぶわけにはもちろんいかないだろうし、そう考えていくと結果的に自分しか呼べそうな身内はいない。

「再婚相手ってどんな人なの」

母が鞄から何枚かの写真を取り出す。手渡されて見てみると、清水寺の前で二人並んでピースをしている写真だった。おそらくこの隣の人が再婚相手だろう。少し母より年上だろうか、初老の穏やかそうな男性だ。

「優しそうだね」

「そうなの」

それから二人のなれそめから、今に至るまでの話が始まった。最初は地域のゴミ拾いで会って、二人だけでなくほかの同世代の人たちともよく集まって登山や旅行をしていたそうだ。その中で親しくなり、三年の交際を経て再婚の話になったらしい。

「水を差すようだけど、母さんが離婚した時の話とかはもうしてあるの？」

一番気になっていることを尋ねる。

「もう話したわよ。流石に隠して結婚したら詐欺みたいなものだし」

「そう」

頼んだものが運ばれてきたので、一旦そこで会話が途切れた。嬉しそうにパフェをつつく母を見て、この人もずいぶん変わったと思う。同じ家で暮らしていた時の母は、典型的なよき母だった。自分が困った時にまっさきに相談するのは母だったし、大抵のことは期待通りに解決してくれた。しかし、今目の前にいる母は、童女のように無邪気にパフェをつついている。

「母さん」

「なあに」

「相談があるんだけど」

それから先週の父との電話の話をする。母はその間も食べる手は止めなかったが、目だけは真剣で、話を聞いてくれているのがよくわかった。一通り話し終わると、ふうん、と一言言ってしばらく黙っていた。興味がないわけではなく、考えてくれているのはわかっているので大人しく待っていた。

「健はどうしたいの」

まずはそこが大事でしょう、と言ってこちらをスプーンで指す。しばらく考えて、わからない、と言った。

「それはずっと考えてたけれど、どっちも正しい気がするし、どっちも間違ってる気がするんだよ。今の状態なら家を出たほうがいいんだろうけど、出たくないし、じゃあ新しい猫を飼うかっていうとそういうことも考えてないし」

「今の時点では決められないってこと？」

「うん」

「もうわからないのね？」

自分が頷くのを母はまっすぐな目で見ていた。

出ていくまでサバカンの面倒を一番みていたのは母だった。そのためか自分とはまた違った関係を築いていたと思う。

例えば、食事の時だ。

猫が好む人間の食べ物――例えば刺身、が夕食に出てきたとする。そこへサバカンがやって来て、（たとえ直前にエサをもらっていたとしても）ちょっかいを出す。その近くにいたのが自分や父だったとすると、一切れあげてしまうのだが、母は絶対に渡すことはなかった。いくら横で、ナオナオと鳴かれ、ぐりぐりと頭をこすりつけられたとしても、母は一言「やらんよ」と告げて、あとは無視を決め込んだ。その毅然とした態度に、小学生のころあこがれて、一度真似したことがある。いつものように食事をしていると、横の座布団にどっかりと彼女は座り込み、フンと鼻を鳴らして、箸につまれたマグロに顔を近づけてきた。いつもなら少しの抵抗の後、結局あげてしまうのだが、今日ばかりは絶対に渡すまいと母の真似をして、こら、と言って箸をサバカンから遠ざけた。しかし、何を生意気にと思ったのか、箸ごと叩き落されてしまった。机に落ちたマグロをサバカンが食べようとした瞬間、母が手を打ち鳴らした。びくりと体を震わせ、サバカンはあっという間に食卓から逃げ出していった。

またこんなこともあった。

生まれた時からサバカンは家の中で飼われてきたが、やはり外への好奇心はあったらしくたびたび脱走を繰り返していた。たいていは一時間、長くても一日で帰ってくるのだが、交通事故に遭ったり、帰り道がわからなくなったりしないとは限らないので、窓の鍵にストッパーをつけるなどと色々な対策をしてきたのだ。しかし、それぐらいでは野生の血は抑えられないのか、鍵が自分で開けられないとわかると、朝に自分が学校に行こうと玄関を出た瞬間や、母が洗濯物を干そうと窓を開けた時など、とにかくこちらの隙を狙うようになった。

ある日の、父が会社へ向かうために玄関を出る時だった。こちらとしても逃げようとすることはもうわかっているので、抱き上げておいたり、部屋に少しだけ閉じ込めておいたりして防いでいたのだが、その日はサバカンを抑えておく役目であった自分がトイレに入っていた。もちろんその隙を見逃すことなく、父が開けた扉から彼女は外へ飛び出していった。

もう何度目かわからないことだったので、特に焦ることもなくまあ何日かで帰ってくるだろうと家族は皆あまり心配していなかった。逃げてしまった原因だったこともあって、まだ小学生だった自分だけが不安に思っていた。学校から帰ってきてから探しに行ってみたり、同級生や友達に写真を見せて似たような猫がいたら教えてほしいと頼んだりしていた。その努力も実らず、サバカンが逃げ出してから一週間が経った。とうとう自分の不安が爆発してしまい、泣きじゃくって母に訴えた。一通り自分の話を聞いた後、母は温かい牛乳を飲ませて自分を落ち着かせた。それから少し出かけるから留守番をしてくれと告げて、家を出ていった。いったい何をするために出ていったのかはわからなかったが、母に任せておけば安心だと、当時の自分は思った。どんなに破れたズボンであっても次の日には元通りにされていたし、いじめられっ子に泣かされた時もすぐに相手の家まで一緒に行ってくれてたちどころに解決してくれたのだ。今回も大丈夫だろうと、その時は自然に思った。

二時間ほど経って、母が帰ってきた。その腕には少し毛並みのぼさついた、しかし元気そうなサバカンが抱かれていた。自分は驚いて、どこにいたの、と尋ねた。公園にいたよ、と母は何とでもないように答えた。公園には毎日通っていたのにどうして見つからなかったのだろうという気持ちと、やはり母に任せておけば安心なのだという気持ちが混ざり合った心のまま、自分はサバカンの頭を撫でるしかなかった。


母が再び話し始める。

「確かにどちらが正しいかわからないことだけど、それはあなたが決めるべきことよ」

「どうして」

「だってサバカンのことを一番に可愛がってたのはあなたでしょう」

それなら一番真剣に考えられるのは健しかいないしね、と言って空になった器を端に置いた。なんだかそれがひどく遠くのものに見えた。それから二人とも、ずっと黙っていた。

「母さんはどうして家を出ていったの」

尋ねるつもりはなかったのに、気が付けばそんな疑問が口からこぼれ出ていた。

「そうねえ」

母は少しの間をおいて、独り言のように語りだした。

「あの日ね、あなたを学校に送り出して、家に私だけになってから、いつも通り家事を一通り終わらせて、お昼も食べて、サバカンが膝に乗ってきて。それで撫でながら思ったのね。きっと明日も今日の繰り返しだって。これからずっと、このままこの家で死ぬまでご飯を作って、洗濯をして、掃除をして、そういうのがまっすぐ続いていくのが見えた気がしたの。それ自体はよく考えることだったの。でもあなたの成長も楽しみだったし、お父さんのことも愛していたから出ていこうとは思わなかった。でもあの日は、膝の上のサバカンの目を見て、あの子、すごくきれいな目をしていたじゃない。それが外の光を浴びて、きらきら輝いているのを見て、それで、とても耐えきれない、と思ったんだわ」

信じてもらえないでしょうけどね、と母は笑った。それは、幼い頃に見た笑顔と何も変わっていなかった。


店を出て歩いている時も、地下鉄に乗っている時も、お互い無言のままだった。ようやく別れ際に、父さんがよろしくだって、とだけ言った。母も軽く頷いただけで、そのまま振り返りもせずに次の電車に乗り込んでいった。

まっすぐ帰りたくない気分だったので、最近できたという商業施設に入る。吹き抜けを囲うように店舗が連なっている。天井にはシャンデリアが輝いており、四方に光を投げかけていた。買い物を楽しんでいる人たちも皆明るい顔をしている。自分一人だけが浮いているような気がして、いたたまれなくなり、人気のないほうへ自然と足が向く。そうやってうろついていると、高価そうな椅子が何脚か置かれたスペースを見つけた。ショッピングに疲れた人たちのためにあるのだろうが、座らせてもらうことにする。

ふかふかとしたクッションの上に腰を落ち着かせた。上質なものなのだろうが、個人的に好みではない。どこまでも沈んで行ってしまいそうで、手ごたえがないのが落ち着かなかった。

実家のソファはどれも硬めで、座るとスプリングが弾むのが楽しかった。小学生の頃はよく遊んで怒られたものだ。実家そのものは二階建てのそれなりに大きい日本家屋で、中古だったものを父が買い取った。結婚してから初めての大きな買い物だったらしい。家具は二人の実家にあったものを集めて、足りないものは買い足してあった。自分が気に入っていたソファは母が選んで買ったものだった。自分も自室が与えられるまではよくそこで宿題をやったり、漫画を読んだりして過ごしていたものだ。

自分の部屋が与えられたのは、母が家を出て行ってすぐだった。日曜の朝、父に家具屋へ連れていかれ、あっという間に自分の机、椅子、ベッドが与えられた。カーテンは青色で、今まで貼れなかったポスターも好きに壁に飾れるようになったので、自分は嬉しかった。同年代で自分だけの部屋を持っている人はいなかったので、友達を呼んで毎日のように遊んだ。

その日も夕方まで遊び、友人を見送った。父は遅くなると言っていたので、祖父母が夕食を作りに来てくれる予定だった。六時に行くからね、と電話で言われていたので大人しく最近買ってもらったゲームをして待っていた。レベル上げをしていると、あっという間に時間が経った。お腹が空いた、と思い時計を見ると、七時を過ぎていた。広い家の中には人気が無かった。居間に行くと真っ暗になっていた。玄関に行って靴を見ても自分のものしかない。不思議に思っていると、電話が鳴りだした。受話器を取ると祖母からで、祖父がぎっくり腰になってしまい、今は病院にいるとのことだった。今日は行けそうにないから、適当に何か食べてもらえる？　と祖母は心配げに尋ねてきた。大丈夫、と答え電話を切ると、急に家の中がしんとした気がした。とにかく何か食べようと台所へ向かい、カップラーメンを食べた。

九時を過ぎても父は帰ってこなかった。

風呂の沸かし方がわからなかったので、シャワーだけで済ませ、ベッドに寝転がって天井をぼーっと見つめていた。

もしかしたら、と思った。もしかしたら、もう誰も家に帰ってこないのではないか。お母さんが出ていったように、お父さんも、おばあちゃんも、おじいちゃんも、誰ももうこの家には帰ってこないのではないか。僕のそばにはもう誰もいないんじゃないか。

心の芯が凍り付いたような気持ちになって、布団にもぐりこむ。ぎゅっと目をつぶり早く寝ようと思った。早く朝になって、お父さんにおはようと言ってほしい。いや、もしかしたら、今までが全部夢で、お母さんもまだ家にいるかもしれない。とにかく、今、一人であるという現実から離れていきたかった。

突然、布団が重たくなった。驚いて布団から顔を出すと、サバカンがどっかりと自分の上に乗っていた。ニャア、と自分の顔を見ると鳴いてくる。そういえばこいつにエサをやるのを忘れていた。台所へ行き、エサ皿を流し台の下から出して、缶詰を開けてやった。一心不乱に食べる様子に、遅くなってしまって悪かったなと思い頭をなでた。そのうちに食べ終わったのか、空になった皿をなめとり、そのままそこへ寝転がった。片づけて、階段に足をかけると、サバカンが足にすり寄ってきた。

「寝る?」

そう尋ねると返事のようにまた鳴いたので、抱きかかえて部屋に戻った。

ベッドにもぐりこむと、一匹増えたからか、さっきより暖かく、心地よかった。こうやって一緒に寝ることは初めてだった。手を伸ばして首元をくすぐると、気持ちよさそうな顔をしてゴロゴロと喉を鳴らし始めた。ゆっくりと手を動かしていると、だんだん心がほぐれていくような気がして、次第に眠気がやってきた。

次の日、起きて隣を見るともうサバカンはいなかった。下に降りると、父が居間のソファでコーヒーを飲んでいた。その横に彼女はいつものように丸くなっていた。

顔をあげると、目の前をはしゃいだ子供が一人で駆けていく。周囲には大人が見当たらなかった。これから迷子になったことに気づくのだろうか。不安に思って声をかけようとすると、遠くから名前を呼ぶ声が聞こえた。振り返ってあっという間に親の元へ帰っていく。何も関係のない自分だけが取り残されたような気分になった。

家に帰ろう。

そう思って立ち上がる。しかし、歩き出そうとした足が止まった。誰もいない家に帰ることが耐え難く感じた。もう半年も過ぎたんだぞ、という父の言葉が頭の中でこだまする。そうだ、半年過ぎたのだ。やはり部屋を出るべきだろうか？　このようにずっと昔を思い出して、悲しんで、うろうろとさまよっているべきではない。それはわかっている。しかし……。

母はこれが嫌になったのだろうか？

誰もいない部屋。おそらく最近までそうだったのだろう。それで、結婚をするわけか。

嘲るような笑いが口からこぼれる。なんだ、繰り返しの日々が恐ろしいのだのなんだの言って、結局一人を怖がっているじゃないか。ばからしい。最初から捨てなければ、そんな気持ちにはならなかったのだ。母も、俺も。

今更怒りがふつふつと湧き上がってきた。再婚の話を始めた時に一発殴ってやればよかったのだ。何を言ってんだこの婆アって、罵ってやればよかったのだ。他の奴らの目なんて気にせず、ぶつけてやればよかったのだ。それで、母さんは泣くだろう、そうしたらざまあみろって笑ってやる。後悔しても無駄だということを、教えてやれば、そうすれば。

そうすれば？

気が付けば知らない道に来ていた。もう時刻は十二時を回って、両脇のビルは電気が消えて静まり返っている。さっきいた場所が夢のようだった。

そんなことをしても意味はない。少し冷静になった頭が思う。もう取り返しのつかないことなのだ。そのことは幼い頃から嫌というほど思い知っただろう。

頭に上った血がさあっと引いて行って、それから急に吐き気を催した。近くの街路樹の根元にうずくまり、えずく。少しの固形物と、液体、それからはもう何も出すものがなくなって、腹部が痙攣するだけだった。

顔を上げると、目の前に道があった。

終わりが見えないほどの長い長い道に思えた。それでもここを歩いてかなくてはいけない。少なくともずっとここにいるよりはマシだろう。さっき吐いたせいか、腹のあたりが気持ち悪かった。重たい足を一歩、一歩、と進めていく。

しかし気持ちとは裏腹に、すぐに明かりが見えてきた。大通りに抜け出たらしい。いつもなら大量の車が行き交う道路なのだろうが、今は時々大型トラックが通っていくだけだった。地図か看板はないかと探せば、道路標示が一キロ先に駅があることを示していた。ゆっくりその方角へ歩いていくと、ポケットの中の携帯が震えた。着信主を見ると、楓からだった。

「……もしもし」

『もしもし、夜遅くにごめんな』

ハスキー気味の声が聞こえる。こんな時間に電話をかけてくるのは珍しいことだった。

「大丈夫だよ」

『そうか、うん。まあ、元気か？』

先程吐いたばかりだが、嘘をついて元気だと伝える。

「どうしてそんなこと聞くんだ」

『あー、まあ。今、夜だろ？』

「まあな」

『出なかったらそれでよかったんだけど、出たし、一応な』

「よくわからんが、電話に出たのはまだ外にいるからだよ」

『えっ、家帰ってないのか』

「用事があったんだ。それに、今は帰ってる途中だから」

それから駅に着くまでの二十分ほどを話しながら歩いて行った。楓はバイト先に来る変な客の話をしてくれた。おでんの白滝だけ毎日買っていくのだそうだ。当然あだ名はシラタキになっているらしい。注文するときもやたら早口で、新しく入ってきた人の鬼門になっていると、ものまねを交えながら話してくれた。自分はそれがおかしくて、時々笑った。しくしくと痛んでいた腹も、いつの間にか気にならなくなっていた。

「あ、駅見えてきた」

『じゃあ切るな』

「ああ、あのさ」

『ん？』

こいつになら言ってもいいかと思った。夜遅くに、心配して電話をかけてくるような奴だ。

「母さんが再婚する」

『会ったのか？』

「うん、さっきな」

『再婚かあ、そうかあ』
「食事会するから来てくれってさ」
『おお……。なんか、うん、複雑だな』
「そうだな」
うーだとかあーだとか唸った後に、楓はこう言った。
『とにかくな、色々考えるなら昼間にしろよ。夜は早く寝ろ』

それじゃ、と電話を切る。改札を通り抜け、ホームに入ってきた電車に乗り込んだ。

夜は早く寝ろ、と口の中で繰り返してみる。気分はもうそれほど悪くなかった。おかしな友人だ。小説家志望のくせにアドバイスがひどく実践的で、しかも的確なのだ。

家に帰ろう。温かい牛乳でも飲んで、できるだけ早く寝よう。考えるのはそれからでもいい。

踏み出した足が乾いた音を立てる。足元にはたくさんの枯葉が散って、家路を覆っていた。

冬

風呂場に入ると白い息がぼわぼわと口から出た。歯を震わせて湯舟に足を入れる。焼けるように熱かった。それを少し我慢して体を滑り込ませると、一気にすべての筋肉がほぐれたような心地良い脱力感がやってくる。

ここ連日は仕事が忙しく、中々風呂を沸かして入ることができなかった。ようやく明日はまともな休日が取れ、疲れた自分をいたわろうと熱めの湯を張ったのだ。手足を思いっきり伸ばすことはできないが、それでも風呂はいい。

冷えた発泡酒も用意してある。今夜は適当に菓子でもつまみながら、映画か何か好きなものでも見て過ごすつもりだった。

居間に戻ると、一気に冷えた空気が体を包む。急いでエアコンをつけた。湯冷めしないように、上着をすぐに着る。すると、せっかく暖房をつけたのに、カーテンが開いたままだということに気が付いた。閉めようと、窓に近づく。するとベランダに、何か動く黒い影が見えた。

最初は風に飛ばされたレジ袋か何かだと思った。しかし、それにしては動きに意志があるので、何か生き物だとわかる。烏だろうか。暗くてよく見えない。すると、そのベランダにいる生物も、こちらに気が付いたらしい。きらりと光る眼をこちらに向けてきた。

「猫？」

そう、よくよく見ればすぐにわかった。猫だ。しかし、マンションの六階のベランダになぜ猫がいるのだろうか。野良猫が迷い込んだとしても、せいぜいエレベーターホールでしか見ないだろうし、ここまで来れるはずがない。

そこまで考えて、エレベーターホールという単語が頭に引っかかった。何か関係あるものを見た気がする。とにかく、そのままそこへいると寒いだろうと、窓を開ける。しかし、中々入ってこない。自分が怖いのだろうか。寒いから早く閉めたいのだが、仕方がないのでそのまま開け放しておくことにした。

クローゼットからダウンジャケットを取り出して着ることにする。いつ入ってくるかわからないので、長期戦のつもりだ。少し前だったらエサもあったが、さすがにもう捨ててしまった。何か猫でも食べられるものはないか冷蔵庫や戸棚の中を探すと、鶏のもも肉が見つかった。少し加熱すれば大丈夫だろうと、細かく切ってレンジで温めた後、皿にのせてベランダの入り口に置く。これで少しでも警戒心を解いてくれればいいのだが。

あまり見ていても入って来ないだろうから、椅子に座ってテレビをつける。音が大きいと近所迷惑になるだろうから、音量を小さくして、ちょうどやっていたドキュメンタリーを見る。とはいっても外国の作品だったので、音が聞き取れない状態では、ほぼ内容がわからない。本当に眺めるだけだ。

一時間ぐらい経った頃、ようやく猫はそろりそろりと部屋に入ってきた。すぐに気づいたが、逃げられたくないので知らんぷりを決め込む。置いた皿に近づいていくのが、かろうじて視界の端に映る。少しにおいをかいで、食べ始めた。そろそろ窓を閉めたいが、立ち上がったら間違いなく逃げ出すだろう。さっき持ってきた白湯を飲む。喉元から胃まで、熱いものが流れ落ちていくのがわかる。食べる音が止んだので、ちらりと横目で窺ってみる。

白黒の鉢割れだ。

やはり何かが引っかかる。初めて会う猫なのに、見覚えがあるのだ。毎日外で会う野良猫でもないし、テレビやネットで似た猫を見たのだろうか。そう色々考えてみるが、どの推測もしっくりこない。デジャビュだろうか。と諦めかけた時に、猫がテレビの前まで歩いてきた。ようやく全体が見える。その時、あることを思い出した。

白黒の鉢割れ、赤い首輪。

八月頃に見た貼り紙だ。確かエレベーター前にある掲示板に貼られていた。そしてもう一つのことも思い出す。飼い主は二つ隣の住人だ。何度か挨拶もしているから、顔も大体覚えている。自分より少し年上に見える男性だったはずだ。そうとわかったら、早めに知らせてやるべきだと思い、立ち上がる。猫は驚いたのか走って逃げだそうとしたが、すかさず窓の前に自分が立ったので、一度停止した後に風呂場へ逃げ込んでいった。とりあえず、窓は閉めて飼い主のもとへ行くことにする。

インターホンを押すと、すぐに返事が来た。

『はい』

「六〇一に住んでいる西というものなんですが」

『はあ、なんでしょうか』

「猫飼っていらっしゃいますよね、今、それらしい猫がうちに来ててですね」

『ああ！』

叫ぶようにそう言った後、ドタバタという足音がかすかに聞こえて、ドアが開かれる。

「鉢割れのですよね！」

そう言った男性は黒縁眼鏡をかけており、上下灰色のスウェットを着ていた。ぼさついている髪を見て、夜遅くに来て悪かったな、と少し思う。

「はい、赤い首輪もしていましたし。貼り紙と一緒だと思って」

「そうですそうです、今どこにいますか」

「自分の部屋にいるんですけど、怖がっちゃったみたいで出てこないんですよ」

「ああすみません、人見知りが激しくて」

「みたいですね。こんな時間に申し訳ないんですけど、こっちに来てもらえますか」

「もちろんです」

部屋に戻る。多分風呂場にいます、と言って少し玄関前で待ってもらう。最低限片付けてから隣人を迎え入れた。

「飼い主さんが行ってあげたほうがいいと思うんで」

「はい、ではお邪魔しますね」

少しの間。それからあっさりと猫は抱えられて出てきた。やはり飼い主にかかればこんなものか。

「いやあ、本当に助かりました」

「いえいえ、見つかってよかったですね」

ベランダから入ってきちゃったみたいで、と振り返った時にさっき鶏肉を入れた皿が見えた。おそらくは猫が食べても大丈夫なものだろうが、一応飼い主には言っておいたほうがいいか。

「あの、ベランダから部屋に入って来なかったんで、エサで釣ろうと思いまして」

鶏肉を与えた旨を伝えると、隣人は微笑んで頷いた。

「勝手にあげてすみません」

「大丈夫ですよ。ご迷惑をおかけしたのはこっちですし」

お前もうまかったもんな、と彼は猫に話しかける。しかし、猫はそっぽを向いたままだった。

「無愛想だなあ、すみませんね」

猫なんてみんなそんなものだから、別に気にしない。大丈夫ですよ、と笑っておいた。

「ご迷惑をおかけしました」

「気にしないでください。たまたま見つけただけなんで」

もう逃げるなよ、と猫の頭をなでる。それが不快だったのか、急に猫が暴れ、隣人の腕から逃げ出した。

「あ、こら。えびす！」

飼い主の焦った声も聞こえていないようで、あっという間に鉢割れ猫、もといえびすは俺の家にとんぼ返りしてしまった。

「余計なことしちゃったな。すみません」

「いやいや、そんなことは」

とりあえずまた猫を見つけなくてはいけないので、隣人を部屋にあげる。

「えびすー、出てこーい」

二人で室内を探すと、放置されていた空の段ボールの中でえびすが隠れているのが見つかった。隣人が先程のように連れて行こうとしたが、今度は中々うまくいかない。

「ご機嫌斜めですかね」

「そうみたいです」

困り果てたように呟いた彼が気の毒だったので、お茶ぐらいは出そうと少し冷めてしまった湯を沸かしなおした。

「時間かかりそうですし、ちょっと休憩しませんか」

「ああ、ありがとうございます」

ダイニングテーブルに向かい合って座る。

「いつ頃からいなかったんですか？」

「今朝です。ベランダの鍵かけ忘れてて」

あいつ窓ぐらいなら自分で開けちゃうんですよ、と苦笑いする。

「猫って意外と力ありますもんね」

「そうなんです」

えびすには脱走癖があるそうだ。自分が見た貼り紙も、いちいち掲示しなおすのが面倒らしく、一年中そのままらしい。

「月に二、三回はザラですね」

「それは多いなあ」

「毎回いつの間にか帰ってくるんですけど、お宅にお邪魔していたとは」

「いや、うちも今回が初めてですよ」

「あ、そうなんですか」

それからまた隣人は立ち上がり、段ボールをのぞき込んだ。出てこんか、おーい、と呼び掛けた後、手を伸ばして引っ張り出そうとする。

「いたいいたい、こら。あーもう」

「出てこないですか？」

「駄目みたいです」

また椅子に座って、すみませんとまた頭を下げる。

「俺は明日休みなんで、時間なら気にしないでください」

「そう言っていただけると助かります」

ため息をついて、隣人が段ボールの方を見る。

「引っ越されるんですか？」

「ああ、そうです」

更新も近いですしね、と言えば、納得したように彼は頷く。

「あ、でも猫ちゃんは」

「一年前ですかね。死んじゃって」

あけすけに言い過ぎただろうか。

「ああ、そうだったんですか」

しかし隣人は、悲壮感はなく、かといって無関心でもない様子だった。この一年間で初めての反応だった。不思議に思って、顔をまじまじと見てしまう。それに気が付いたのか、頭を掻く。

「無神経でしたよね、すみません」

「いや、そうじゃないんです。何というか、新鮮な反応だったので」

「新鮮？」

「いや、飼い猫が死んだって言うと、大抵同情するか興味がないか、どっちかだったんで」

「ああ、それは」

再び段ボールの方に目を向けて、二匹目なんですよ、と言った。

「なので、慣れてるって訳じゃないんですけどね」

その時、ヤカンの笛が鳴った。お湯が沸いたようなので、台所へ行き、お茶を入れる。マグカップを二つ持って居間へ戻った。

「どうぞ」

「ありがとうございます」

湯気が立つ煎茶を一口すする。それから少しの間、部屋には沈黙が流れた。

「あの、こんなこと聞くのもどうかと思うんですが」

「はい」

「どうして二匹目を飼うことにしたんですか」

初対面に近い人間が踏み入っていいような、そんな範囲の質問ではないことはわかっている。幸い、隣人はそれほど気を悪くした様子ではなかった。

「どうしてかあ」

少し考えこんだ後に、彼は話し始めた。

「まず一匹目の話からになるんですが……」

そいつは拾ってきた猫なんですよ。名前がきなこっていう猫で、弟が学校帰りに捨てられてたって連れてきちゃったもんでね。その時俺は中学生だったんですけど、どうせ世話しなくなるだろう、と母が大反対してですね、でも結局父も俺も動物好きだったんで、口添えしてあげて飼うことになったんです。

弟も最初は頑張ったんですよ。病院も自分で連れていくって言ったし、できるだけトイレとかエサとかは自分でやるようにしてたし。

ただ猫ってね、割と子供嫌いなんですよ。元気が有り余ってるのが嫌っていうか、どちらかというとおじいちゃんとかおばあちゃんとか、落ち着いてるほうが好きみたいで。きなこも例に漏れず、弟のことがあんまり好きじゃなかったみたいでした。それでだんだん世話をしなくなってきて、代わりに俺が面倒みるようになったんです。無責任と言えば無責任な話ですが、今考えると弟の気持ちもわからなくはないですね。

それで五年ぐらい経って、自分も就職して実家を出る日が来たんですよ。きなこをどうするか、ずいぶん話し合ったんですが、一人暮らしで飼うのは流石に厳しいし、場所も実家とあまり離れていなかったので、すぐに会えるだろうと置いていくことにしたんです。その頃には弟もずいぶん大きくなっていたから、きなこも懐いてましたし。

まあそんな感じで、入社して三年経った頃だったかな。夜に電話がかかってきたんです。出ると父からで、きなこの具合がよくないということでした。実はそれより少し前から体調不良の話は聞いてたんだけど、年も年だってことでそれほど大ごとだとは思ってなくて、その時もそれほど大変だとは思わずに、適当に聞き流してしまいました。

その次の日でした。

以前自分はゲームのキャラクターデザインなどの仕事をしていたんですが、その日は締め切り近くで、忙しかったのを覚えています。

夕方、定時近くに電話がかかってきました。もちろん実家からです。

きなこの状態がいよいよ悪くなってきた、今から動物病院に行く。

そう言われました。

今だったら、間違いなくすぐに向かっていたでしょう。ただ、その時の自分はそうしなかった。いくら具合が悪いといっても、頭のどこかで飼い猫が死ぬということを信じていなかったんです。そんなことを言って、どうせ大したことでもないだろうと、高を括っていました。それに仕事は一番忙しい時で、抜けたいなんて言える状況でもありませんでした。

残業が終わったのは零時を回った頃でした。それまで一度も見ていなかった携帯を確認すると、着信の通知が大量に来ていました。

すぐに動物病院へ向かいましたよ。

玄関に弟が待っていてくれて、自分が来たのを見ると黙ってゆっくりと首を振りました。

それでもう糸が切れたようになりましてね、しばらく記憶が飛び飛びになるんですが、まあろくな状態ではなかったですね。その後の火葬から納骨まで全部いたのに、どんな会場だったかとか、そういったことを今でも思い出せません。

家族は誰も俺を責めませんでした。でも、そんなことは関係なく、自分の胸の中には後悔の念が溢れていました。最近は会っていなかったとはいえ、可愛がってきた猫の死に目に会えなかったんですから。

もう二度と猫は飼わない、と決めました。

「結局、また飼ってるんですけどね」

あはは、と隣人は笑った。そして、またお茶を一口飲んだ。

「えびすと会ったのはいつなんですか」

「一年前です。きなこが死んでから二年後ですね」

部屋はもう十分温まったので、断りを入れてエアコンの電源を消す。そろそろ十一時になる。段ボールからえびすが出てくる気配はない。

「拾ったんですか」

「いえ、友人にもらいました」

彼の友人の飼い猫が生んだ子猫を譲り受けたということらしい。

「もう一度、猫との生活を送りたいと思ったんです」

その時にはフリーランスになってて、自分一人で飼う余裕ができてましたし、と言い、空になったカップを置く。とうとう自分は、ずっと聞きたかった質問を口にした。

「あの、前飼っていたきなこに対して、何というか」

「後ろめたく思ったか？」

「はい」

冬だというのに、頭に血が上り、どくどくと鼓動がうるさい。しかしそんな自分の様子とは正反対に、あっけからんと隣人は答える。

「ありましたよ。なんなら、今だってあります」

俺にはそこが理解できなかった。どうして、前の猫への後悔をまだしているのに、次の猫を飼えるのだろう。そんなことができるのか。そんな自分の心を見透かしたように、彼は話を続ける。

「我ながらおかしいと思いますし、身勝手な気もします」

「それがわかっているならどうして？」

「後悔したくないので」

「今までの後悔を無くすために、新しい猫を飼うんですか！」

思わず声を荒げてしまう。

「いいえ、違いますよ」

しかし隣人は、動揺することもなく首を振った。

「ただ、俺がこいつと一緒に暮らしたかったんです。償いだとか、そういうことではありません」

「でも……」

「もちろん、こいつが俺の元にいたいかなんてわかりません。そもそも家族だと思っているかも怪しいでしょう。同じ空間にいる、変な生き物程度に思われているかもしれません。それでも、俺はえびすに対して愛情があるし、大切にしたい」

完全に黙りこくってしまった自分を見て、なおも彼は言葉を続ける。

「それに、猫が家にいるっていいものです」

西さんだってそうだったでしょう、と言って隣人は話を終えた。

しばらく沈黙が続いた。俺は自分の手元をじっと見て、彼は段ボールの方を見ていた。

「……少し、うちの猫の話をしていいですか」

隣人は微笑んだ。

「ええ、もちろん」

その前に、お茶のお代わりを入れてくる。椅子に座って、息をゆっくり吸った。

「サバカンっていうんです。うちの猫。自分が二歳の頃から飼っていて、今年の春まで一緒に暮らしてました」

「いい名前ですね」

「ありがとうございます。死因はたぶん、老衰でした。二十二歳でしたし、猫なら大往生です」

だから、悲しかったが、後悔の念は無いはずなのだ。

しかし、父に新しい猫を飼うつもりか、と尋ねられて、それを想像しただけで、サバカンに対して後ろめたい気持ちになってしまった。

「これまで一緒にいたことをなかったことにする気がして」

きっと自分は、新しく来た猫も大切にするだろう。しかし、今の自分の中でその猫はどこまで行っても『サバカンの後の猫』で、一匹の猫としてみなすことはできない気がした。

「それが嫌で」

まったくもって、あやふやで、要領を得ない話だったと思う。しかし、隣人は黙って最後まで聞いてくれた。

「だから、猫はもう飼わないいんですね」

「はい」

それから、二人とも少しの間黙っていた。秒針が時を刻む音だけが、室内に響いていた。その沈黙を破るように、隣人はまた話し始める。

「別に、それでいいと思います。西さんの考えで選んだのなら」

多分これって正解はないです、と彼は言う。

「十年後になったら、俺はまた後悔をしてるかもしれませんし、西さんも、また猫を飼っているかもしれません」

もちろんもしかしての話ですからね、と隣人が釘を刺す。

「ただどっちにしろ、大事なのはその時々にしっかり向き合うことなんじゃないですかね」

向き合うこと。

「それができていたのか……これからもできるのか、わかりません」

「まあ、そうですよねえ」

そう言ってる自分もわかんないですもん、と言い、隣人は立ち上がる。箱の方へ歩いていき、ほれ、帰るぞ、と手を伸ばした。しかし、差し出した手ははたかれ、えびすは出てこなかった。

「こいつ……」

「なんだったら、箱ごと持って帰っていいですよ」

「え、いいんですか」

引っ越しのために段ボールは大量にある。一箱ぐらい減っても別に支障はないだろう。

「もうこうなったら出てこないでしょう」

「それじゃあ、お言葉に甘えて」

よいしょ、という掛け声と共に、彼は箱を持ち上げる。

「重くなったなあ、おまえ」

玄関まで見送りをする。最後にのぞき込んでみたが、えびすはこちらに尻を向け、結局顔をちゃんと見ることができなかった。

「最後の最後まで無愛想ですみませんね」

「いえ、無事会えたんですから、よかったですよ」

「ありがとうございます。それとお茶と鶏肉、ごちそうさまでした」

「おやすみなさい」

「おやすみなさい」

隣人は軽く会釈をして、廊下に出ていった。鉄製のドアが重い音を立てて閉まる。居間へ戻り、出しっぱなしだったマグカップと鶏肉を入れた皿を流し台に置く。

一人で椅子に座り、隣人との会話を思い出す。誠実に相手と接すること。誰かを誰かの代わりにしないこと。そして何より、自分で考えて選択をすること。そのすべてを叶えることは難しい。隣人は、どうなのだろうか。きなこのことを忘れているわけではない。後ろめたさも感じると言っていた。えびすのことをもちろん大切にしているだろうが、まったく面影を重ねていない訳はないだろう。しかし彼はもう決めてしまっている。後悔や失敗をしながらも、これから一匹と一人で暮らしていくのだろう。

では、自分はどうしたいのか。

今は、まだサバカンのことがずっと心の中にあって、二匹目を飼うつもりはない。だから、自分はここを離れる。

しかし、この先はどうだろうか。絶対に迎え入れることはないだろうか。隣人もきなこが死んでしまった時には、えびすを飼うことは考えていなかっただろう。

遊ぶ猫がいなくなったキャットタワーを見つめる。天井までの高さがあるそれの一番上は、サバカンがよく昼寝をしていた場所だった。春のよく晴れた日などは、窓際で太陽の光を浴びながら、気持ちよさそうに昼寝をしていた。カーテンレールに上って降りられなくなり、鳴いて降ろせとせがまれたことが何回もあった。夏の日は涼しいのか洗面台の流し場におさまって、そのくせ濡れるとものすごく嫌がって機嫌が悪くなった。涼しくなってくると、そばに寄ってくるようになってきて、それで暖房をつけるタイミングを決めていた。冬本番になってくると、温かいのかパソコンの上に陣取って、中々どかなかった。爪切りが嫌いで、何度も引っかかれた。風呂に入っていると、扉の前で何度も鳴いて自分も入れろと要求してきた。こんな寒い夜には、布団にもぐりこんできて、一緒に寝れば温かかった。

猫が家にいるっていいものです。

隣人の言葉が頭の中で繰り返される。その通りだ。自分だって知っている。多くの人とは少しだけ違う人生を送ってきたが、家で一人きりになることはなかった。広い家で、父も祖母も母も義母も誰もいない時でも、自分は孤独ではなかった。

一人でないということ。

大したことではない。だけど、それはとても幸せだったのだと思う。

椅子から立ち上がり、ベランダに出る。冷たい空気が頬をなでるのが心地よく、ほてった頭を冷やしてくれる気がした。

とにかく。

とにかく、これからの未来がどうであれ、後悔のないものにしたい、と心からそう思った。

見上げた空は珍しく澄んでいて、星々は地上のこととは一切関係なく輝いていた。

荷物を下ろしたトラックが走り去る。階段を上り、自分の部屋の扉に、大家さんからもらったカギを差し込んだ。部屋に入ると、積み上げられた段ボールが目に入る。これを早いところ崩していかなくてはいけない。今すぐやらないと嫌になってしまうので、腕まくりをして取り掛かる。

一つの山を崩したところで、インターホンが鳴った。

「はーい」

出ると、楓が頭にタオルを巻いた姿で立っていた。

「よお」

「なんだその恰好」

「引っ越し屋ってこんな感じだろ」

相変わらずよくわからない。それでも人手が増えるのは素直に嬉しいので、迎え入れる。家具を運んだり、荷物を取り出しているとあっという間に昼食の時間になった。外に行くのも面倒くさいので、出前でも取ろうかという話になった。

「何がいい？　手伝ってくれてるからお前の好きなものでいいよ」

「お、じゃあピザ」

「メニューこれ、選んでいいぞ」

チラシを渡して、注文は楓に任せる。少しでも早く終わらせたいので、その間にも自分は段ボールを開けた。その時、ポケットの中の携帯が震える。着信主は父だった。ベランダに出てから、電話を取る。

「もしもし」

『おお、引っ越しはうまくいってるか』

「うん、楓が手伝ってくれるから、頑張れば荷ほどきは今日中に終わるかも」

『そうか。それでな、来週あたり、義母さんとそっちに行っていいか』

「いいけど、狭い部屋だよ」

いつもなら帰ってくるのはいつだと尋ねるくせに、珍しいこともあるものだ。

『息子の新居訪問ってやつだな』

「何それ」

思わず笑ってしまう。父もらしくないことを言ったと思ったのか、照れたような笑い声を立てた。

「落ち着いたらまた連絡するから、日程はその時決めよう」

『わかった』

「義母さんにもよろしく言っておいて」

『ああ』

「じゃあね」

電話を切って部屋に戻ると、楓はピザを頼み終わったらしく、荷物の整理に戻っていた。

「親父さん？」

「そう」

「また帰って来いってか」

「いや、近いうちにこっち来るってさ」

「へえ、珍しい」

「だよな」

そんじゃあ早く片付けなきゃなあ、と楓が大きく伸びをする。それから端の方の段ボールを指さして、尋ねてきた。

「これだけ皿とか服とか書いてないけど、何が入ってるんだ」

「あー、キャットタワーとかおもちゃとかそういうやつ」

「そっか。こっちでまた猫飼うのか？」

「いや、今のところはそのつもりはないけど」

だいたいここはペット不可の物件だ。そもそも飼えない。

「今のところってことは、今後可能性があるってことか」

「ノーコメント」

あの夜、隣人と話をしなかったらおそらくこれらも捨てていたのだろう。

結局あれから、隣人と会うことはなかった。挨拶ぐらいしに行こうかと、昨日インターホンを押してみたが、あいにく留守だった。きっと今日もえびすと一緒に生活しているのだろう。二度と会うかわからないが、元気でいてほしい。

「楓、スーツあったらよけておいて。明後日着なきゃいけないから」

「おう」

二月ごろ、母の再婚相手と会う機会が一度あった。写真の印象と違わず、温厚で優しそうな人だった。彼もこれで二度目の結婚らしい。前の奥さんは亡くなったそうだ。君のお母さんにはずいぶん元気づけられたんだ、と言っていた。

それからさんざん悩んだが、食事会へ行くことにした。過去のことはともかく、母と彼で決めた選択だ。祝福まではできないが、応援ぐらいはしようと思った。

「健」

「何」

「俺ピザのことしか考えてなくて、飲み物頼んでなかった」

「バカだな」

「買ってくるか?」

「いや、俺が行く。お前はピザ受け取っておいて」

財布を掴んで外に出る。確か自動販売機が少し先に行った公園にあったはずだ、と思い出し、そこに行くことにする。今度の家はアパートで、父の知り合いの方が大家さんだった。前の部屋より位置が低いし、少し築年も経っているが、内装は割と最近リフォームしたばかりだし、電話で言っていた通り家賃も安くしてもらったので、おおむね満足といったところだった。

歩いて行くと、目的の公園が見えてきた。記憶の通り、自動販売機がある。コーラを二本買った。少し疲れたので、ベンチに腰掛ける。すると、草陰からニィという鳴き声が聞こえた。覗き込むと、真っ白な猫がいた。体の動きがしなやかで、まだ若いことがわかる。しばらく見ていると、エサをくれるわけでもないとわかったのか、どこかへ行ってしまった。

そろそろ帰るか、と立ち上がる。その時強い風が吹いた。まだ冷たさが残る風だったが、確かに、春の訪れが感じられるあたたかさがその中にあった。

また春が来るのだ。

令和二年度　卒業論文・作品から

君、模範的な優しさと愛

小糸里奈

クリームソーダは出てきた時が完成形。初めの完璧とも思える色合いは、アイスが溶けたらそこで終わり。それからはどんどんドロドロしていって、透ける緑のメロンソーダはだんだんと濁っていく。でも、溶ける前に食べきるなんて無理だから、みんな写真に残した後は、ベタベタで、ドロドロとしたそれを何もないように食べていく。

佳花《かはな》はいつもクリームソーダを飲んでいた。溶け出したアイスクリームを細長いスプーンで混ぜる仕草が好きだった。カラン、カランと小気味好く氷が音を立てる。それは二年前と変わらなかった。彼女は私の親友だった。親友なんて人から貰った陳腐な名前をつけたくないほどには大切だった。でも、佳花は大学をやめた。やめたこと自体はそんなに問題ではない。彼女は姉の彼氏と逃げるように居なくなる。佳花は賢かった。それに、美人で度胸もあった。でも、男なんかでそれを全て捨てた。何者にでもなれたはずの佳花が選んだのは、名前も顔も知らない男と添い遂げることだった。私はそれが受け入れられなくて、最後に佳花から届いたメッセージにはいまだに返信をしていない。でも、それも今となってはどうでもいい。私は目の前の佳花を真っ直ぐに見るにはまだ時間がいることを知っていた。どこを見ていいかわからなくて、頼んだオレンジジュースを意味なくかき回していた。偽物みたいな明るいオレンジ色がなんだか虚しくて、でも私にはよくあっている気がした。ふと、佳花の細い指先が目に入る。いつも、佳花は綺麗なネイルアートをして私はそれに憧れていた。緩めのレンタルビデオショップで働いていて、髪色だったりネイルだったりを楽しんでいた。飲食店で働いている私にはできなくて、だからこそ羨ましかった。でも、今は爪には何もしていなかった。長く、キラキラとしていた爪は、今は短く色すらものっていない。

「佳花さ、ネイルやめちゃったの？」

そう尋ねると佳花は爪をそっとカップの裏に隠した。

私は、代わりに自分の淡いブルーの爪を見た。佳花が学校を辞めた後、一ヶ月くらいしてから私はアルバイトを辞めた。高校三年生から勤めていた地元の惣菜屋さん。ジェルネイルがしたかったから、辞めた。私はそこから毎月ネイルサロンに通うようになり、その習慣は今も続く。憧れていたことは、金さえ払えば叶うことを知った。それはなんだかとても虚しかったけど、佳花の爪に何ものっていないことよりは虚しくなかった。

「凪子はなんか変わったことあった？」

話題に困ったように佳花はそんな質問を絞り出した。大学を飛び出して新しい土地に飛び出した彼女にとっては激動の二年間だったかもしれないが、大学の二、三年生なんて大した変化もない。どんどんと退屈になっていく日常を見ないふりをしてやり過ごすのに精一杯だ。

「なんもないよ、佳花だってわかるでしょ。そんなもんじゃん、大学生活」

「そうだね」と落ち着きがなく彼女は返した。二年前にはあり得ないような返答だった。もともと佳花は答えは一つしか持ち歩いていないようなすっきりとした性格だった。こんなに歯切れの悪いことは珍しい。でも、仕方ない。私がそうさせている。私がまだ許していないみたいな目で彼女を見つめるからそんな答えしか出てこない。それでも、「もう気にしないで」とあっけらかんと言えるほど、この二年は私を大人にしてくれなかった。

「佳花こそ、何かあって連絡してきたんじゃないの」

「珍しいじゃん、連絡してくるなんて」と続けたその言葉は少し、いや、だいぶ嫌味っぽく聞こえた。でも、辞めるという連絡だけ入れて、それ以降何も言ってこなかったのは彼女の方だ。私が少し恨み言を言うくらいは許されるだろう。

「伊澄《いすみ》ちゃんとは話してるの？」

「あれから話していない」と少しだけ気まずそうにしていた。伊澄ちゃんは佳花のお姉ちゃんだ。先に一人暮らしを始めていた彼女の家に転がり込むように上京をしてきたので二人は一緒に住んでいた。何度か遊びにいって、私も面識がある。柔和な雰囲気の優しいお姉さんで、少しだけ抜けているところもあり、佳花との関係もよかった。しかし、婚約者と駆け落ちをされたら流石の伊澄ちゃんも許してはくれないだろう。

「前は何を話していたかとかわからないよね、もう」

「それはあんなことしたからしょうがないよ」

お姉ちゃんと話せなくなっても、家族に縁を切られても、将来を捨てても、それでもあの人と一緒になることを選んだのは彼女自身だ。

「あの、さ」

佳花はその先を言うかを少し悩んでいるようだった。何かを言い淀むことは珍しかった。いや、私のせいか。私が言ったことが、私の彼女へ対する態度が、言い淀ませているのか。私はそんな佳花をじっと見つめていた。その奥の心を探るように。言いにくそうにしてから、口を開いた。

「今度、子どもが生まれるんだ」

はっきりとした、揺るがない声はすっと耳に入ってくる。私の中ではうまく言葉にならなかったのに、子どもができると言われるとなんだか急に腑に落ちた気がした。所帯染みたように感じた今の佳花は、紛れもなくあの頃とは違う。無責任で放任で、だからこその自由を持っていた佳花はもういない。そこにいるのはただ、これから母になろうとしている一人の女だった。私は急激に気持ちが冷めていくのを感じた。私が探していた、もう一度会いたかった佳花はもう死んでしまったのだ。諦めのような、悔しさのようなどっちつかずの感情が瘡蓋からどろっと垂れた。

「生活も安定してきたし、今度うちに遊びにきて」

その声は言い淀んでいたときとは異なり、妙にすっきりとしていた。それに対して私の感情のモヤモヤは深まったままだった。こんなに鈍い人だっただろうか。私の中の感情に気がつかないような無神経さを持っていただろうか。

「凪子には旦那を紹介したいんだ」

佳花の選んだ幸せを見てみたいと思った。私を捨てて、平均的な生活を捨てて、それでも選ぼうと思った幸せを見てみたいと。私は頷いて、それからわざとらしく左手の腕時計を見た。

「ごめん、もう行かなきゃ。お家は都合のいい日を連絡して」

そう言うと「わかった」という簡潔な答えが返ってきた。

「あのさ、私も彼氏できたよ」

佳花は「早く言ってよ」と嬉しそうに笑った。

「ごめんね、ひどい態度とって。男の人といるのも楽しいね」

少し驚いたが、嬉しそうに笑った。佳花は笑えるんだ。私に彼氏ができたと聞いて。違う。違った。私が見たかったのはそんな表情じゃなかった。馬鹿らしくなって、私はオレンジジュース分の七百円を置いて、喫茶店を出た。


お店を出て、すぐにスマートフォンを取り出した。その中から、メッセージアプリを開く。中条先輩に向けて「すみません、前の予定長引いていて少し遅れます」とだけ送った。中条先輩は私がさっき佳花にこぼした彼氏だ。先輩と会うのは新宿だった。夕方の六時半からの映画を一緒に見る予定だ。待ち合わせは四時。少し早く会って、早めの夕飯と適当なウィンドウショッピングをする予定だったのだろう。今いるのは上野だから、新宿までは三十分しないくらい。だから、三時半にはきっと新宿に着く。でも、なんだか人に会いたい気分じゃなかった。先輩からはすぐに「オッケー」という返信と、笑っている絵文字が届いた。私はそれだけ見て、スマートフォンをカバンの中にしまう。小さいバッグにギュウギュウ詰めの荷物。行きは綺麗に整頓されていたはずだったが、今はどれもが散らかって窮屈そうに収まっている。一人になれるならどこでもよかった。新宿に行ってもよかったけれど、先輩に見つかったら面倒だ。私は意味もなく、近くにある国立東京博物館に行った。深い理由はなくて、ただ学生証でタダで入れるからという理由だけで私はそこに向かう。

一度、佳花と一緒に来たことがあった。佳花は西洋美術館の方が好きだけど、その日は時間があったから帰りに寄った。洋館のような外装と、開放的な中庭が気に入った。中庭にはサンドイッチを広げた老夫婦がいて、私にはそれが幸せの象徴のように見えた。佳花に「彼氏ができたら絶対にデートで来る」と宣言したのをよく覚えている。でも、結局先輩を誘ったことはなかった。休日ということもあり、そこそこ混んでいたがそれでも博物館の性質上、だいぶ静かだった。私は展示と展示の間にあるベンチに腰をかけた。目の前にある高村光太郎の彫刻を見るふりをして、本当は何も見えていなかった。

佳花と出会ったのは大学に入ってすぐのこと。適当に行った映画サークルの新歓だった。黒い長い髪と、真っ赤なリップの姿はよく目立つ。サブカル女子かなと思うような見た目だが、その顔は流行には左右されないすっきりとした美しさがあった。佳花は私と同じように一人で新歓に来ていた。

「凪子って可愛い名前。私、子ってつく名前って憧れなの」

佳花との初めての会話はそんな感じだった気がする。とにかく、私と佳花は性格があった。映画サークルなんて名前だけで、話題は流行りの洋画とか、映画好きっぽい子なら誰でも知っているような作品しか挙がらなかった。私はお酒も、タバコも、セックスも何一つときめかなかった。慣れない酒に手を出すのはなんだか怖くて、同じ年のはずの同級生がカシオレやらビールやら、どこで覚えたのかもわからないお酒を頼む中、私はずっと烏龍茶を飲んでいた。佳花も同じで、ずっとジンジャーエールを飲んでいた。

「なんの作品が好きなの？」

そんなのはこの新歓では一番メジャーな話のきっかけのようなもので、それ自体にはきっと意味がなかった。多分、それが『ワイルドスピード』でも『東京物語』でも、その先の会話はきっと変わらない。先輩のそんなつまらない問いかけに、佳花は隣でポツリと『田園で死す』と答えた。先輩はピンとこないような表情をして「映画好きなんだね」と毒にも薬にもならないような返答をする。私がその言葉に佳花の方を振り向くと、佳花が「え、知っているの？」って意外そうな顔をした。

「私、天井桟敷好きで」

「うそ、え？　凪子ちゃんはなんの映画が好きなの？」

「江戸川乱歩が好きだから、恐怖奇形人間とか好きだった」

高校までは誰にも言わなかったし、伝わらなかったような作品名に佳花はどれも反応してくれた。終いには向かいに座っていた先輩になんて構わないで、すっかり二人で話し込んでいた。結局、二人してそのサークルどころか、どのサークルにも入らなかった。この大学生活、他の交友関係はいらないとすら思った。趣味が、考え方が、距離感が、何もかもが合った。欠けていたパズルのピースが見つかったような、なんとも形容しがたいあの充実感。彼女との一年にはそれがあった。

二年の夏前に、突然それは崩れた。佳花がいなくなった。私のスマートフォンには「ごめん、結婚するから学校辞める」とだけメッセージで入っていた。突然のことだった。佳花が好きな人がいたなんて、ましてや恋人がいたなんて知らなかった。私たちは一年半ずっと一緒にいたけれど、肝心のことは何も知らなかった。

結局一時間ほど遅れて新宿に着いた。アルタの前にいた先輩は人当たりの良い笑顔で「久しぶり」と片手をあげる。先輩に会うのはちょうど一ヶ月ぶりだ。だいたい月一くらい、多いときで月に二回、それ以上会うことはなかった。横に歩く先輩は特に気の利いた話もしない。周りの人の声、街頭宣伝の車の音、大型ビジョンに映るコマーシャルの音、どれも先輩の話よりは面白い。なんで一緒にいるんだろうって思う。先輩は私の一つ上で、佳花と出会ったあのサークルの先輩だった。サークルには結局入らなかったが、新歓で話したのを向こうが覚えていたようで学校で話すこともあった。佳花が居なくなったあたりから、たまにご飯に行くようになり、この人は私に下心があるんだろうなということはわかった。「付き合おう」と言われて、嫌いじゃなかったから付き合った。でも、好きなわけじゃない。妥協だったんだと思う。でも、甘えたかったのかもしれない。あの頃はちょうど佳花がいなくなって、そのことにも慣れて他の友達といることも増えた頃だった。でも、ずっと足りなかった。佳花がいなくなってから、私はずっと満たされない気持ちを抱えていた。だから、きっと先輩の「好き」が、「付き合おう」が、ひどく甘いものに感じた。でも、今となってはその選択すらも鬱陶しく思う。

「何してたの？　昼」

隣を歩いていた先輩が、しびれを切らしたように他愛もない質問を投げかけた。なんでそんなことアンタに言わなきゃいけないの。そう思うけど、揉めるのも怠い。下手に佳花のことを知っているからこそ、何も言いたくない。

「友達に、会ってました」

先輩はまた黙って、私の隣を歩いていた。退屈だ。女は男と付き合う。でも、そのメリットってなんだろう。

別に楽しくもないのに、する話もないのに付き合って、それが特別になるのだろうか。佳花が羨ましかった。全てを捨てられる人間に出会えたことが。私もそうなれるかと思った。この人のこと、今はそんなに特別じゃないけど、一緒にいたら情が湧いたりして、何か私の中で特別な存在になるんじゃないかと思った。しかし、それは間違いだった。付き合って半年経つが、私がこの人のために捨てられるものと言ったらせいぜい週末の数時間だけだ。きっと私も佳花のためなら、佳花があの男のために捨てた分くらいは捨てられる。だから何だと思う。それを彼女が知ったところで何にもならない。結局、私たちの気持ちは釣り合っていなかった。虚しいほど、それはさっき理解した。満たされない。男と歩いても、買い物をしても、友達と話しても。だって、それは私が欲しいものじゃない。

先輩とのデートは映画を見に行くことが多い。共通の趣味が映画だからというのは、きっと表向きの理由で本当は沈黙が耐えられないから。だいたい、映画鑑賞なんてものは共通の趣味にはならない。好きな監督やジャンル、作品が変わればそれは一切別の趣味だ。私はそもそも名画座に行くのが好きだったので、駅前の映画館で観れる映画は趣味ではない。そこまで乗り気ではない私に代わり、作品はいつも先輩が選んでくれる。今回選んだのは、長く続く割とポピュラーなアメコミの実写だった。別につまらなくはない。お金もかかっているし、人気のあるシリーズだから。でも、好きではない。なんだか、先輩みたいだと思う。私はスクリーンに映し出された派手なアクションをぼーっとみていた。自分で好んでは見ないが、アクション映画は嫌いじゃない。わかりやすくていい。何も考えなくても話が頭の中に入ってくる。赤いマントをしている方がヒーローで、黒いローブを被っている方が悪役。何が正義なのかがわかって、どこを目指せばいいのかがわかっている。現実はそう簡単にはいかない。もしも、私が先輩としっかりと向き合っていたら、スクリーンの中でヒーローを心配するヒロインみたいに、憂いを含んだ瞳で彼を見つめることがあったのだろうか。私は先輩の方を盗み見る。私の視線に気がついた先輩が、私の方を向く。音はしないが口は「どうした」と動く。ゆっくりと首を横に振り、スクリーンに向き直った。

映画は終わり、周りがちらほらと席を立ち始める。奥にいたカップルが、気持ちばかり頭を下げて通り過ぎていく。先輩は席を立たない。エンドロールまで映画を見るところは、気に入っていた。聞きなれない洋楽が変わる。よくわからない英語が延々と流れ続けるスクリーンを意味もわからず見ていた。

「結構、面白かったね」

「あの俳優は、前に見たやつにも出ていた」

先輩と映画の話をしながら出た。「トイレに行ってくる」という先輩を送り出し、私はロビーに飾られている映画のポスターを眺める。後ろから同じようなカップルの声が聞こえてきた。

「ええよ、待っとる」

関西弁の訛りは、東京では目立つ。私が振り向くと、そこには背の高い男が立っていた。長身と、聞き覚えのある訛り。ハスキーなその声を知っていた。傷なのか、思い出なのかもわからない。学生時代に出会った男子の中で唯一、私の記憶にいる男、辰巳《たつみ》吉野がそこにはいた。

「辰巳?」

私がそう声をかけると、ゆっくりと彼は振り返った。目元の涙ぼくろと、笑っていなくても笑っているように見える垂れ目が、記憶の中の辰巳と同じだった。辰巳は目をゆっくり細めて、私を品定めするようにじぃっと見つめた。もしかして、覚えていない？　確かに私にとっては唯一の男だったが、彼自身はそんなことがなかった。よく彼女も変わっていたし。辰巳が「あっ」と声をあげて、それから人懐っこい笑みを浮かべた。

「凪子ちゃんやん。えらいべっぴんさんになっとったから、誰かと思ったわ」

スラスラとお世辞が出てくるところも変わらないなと思った。私が返答しようと思っている間に、辰巳の後ろから「吉野～?」と甘い声をかけてくる女の子がいた。

「変わんないね、本当に」

「人聞き悪いなあ、いつもやないよ」

辰巳は困ったように、わざとらしく笑った。昔から変わらない、何かをごまかす時の笑い方。私よりも20センチ近く高い辰巳は、ギュと屈んで私の耳元に顔を近づけた。

「凪子ちゃんは、ちゃんと特別だったよ」

辰巳の甘い声が、耳元を掠める。背筋がゾクゾクと粟立つのがわかった。揺れそうになる。あの頃から何も変わらない。辰巳は、私一人のものになってくれる気なんてないのに、見え透いた甘い罠で、愛してあげるよと手を広げてくる。私はいつもそっちに引っ張られてしまいそうになる。ダメだ。それは罠で、見せかけだから。

「誰にでも言ってるんでしょ。そういうところが嫌いだった」

「俺は凪子ちゃんの、そういう賢いところが気に入ってるよ」

そう言って辰巳はゆっくりと振り返って女の元に戻っていく。

「辰巳、元気でね」

きっと、もう辰巳に会うことはない。そう思って私は辰巳にそう声をかけた。辰巳は振り返って立ち止まると、「凪子ちゃんしだいよ」と意味深なことを言って、女とともに奥のスクリーンへ消えていった。

「あの男、知り合い?」

トイレから戻ってきていた先輩が、そんな風に私に声をかけてきた。戻っていたのに、きっと私が辰巳と話していたから声をかけるのをためらったのだろう。

「中学校の同級生。卒業と同時に引っ越したから懐かしくて」

何か言いたげな表情で、先輩は私のことを見ていた。

大方、私が男と親しげにしていたのが気になったのだろう。それでも、何も言ってこなかった。私たちはゆっくりと駅に向かって歩いて行った。辰巳は映画なんか見る人だったのか。女についてきただけだろうが、女の趣味に付き合うほど甘い男だっただろうか。私が辰巳のことを考えている間も、先輩は何も言ってこなかった。私たちは目の前に見えている駅に向かって、会話もせず並んで歩いていた。駅のビルが見えてきたあたりで、しびれを切らしたように先輩が口を開いた。

「このあとどうする?」

それは私の様子を伺うように、遠慮がちに出された言葉だった。私は今は一人になりたくなかった。一人になったら、今度こそ流されてしまいそうな気がしたから。私は先輩の問いかけに「ご飯食べて帰ろ」と声をかける。夜の駅ビルは同じような世代のカップルや女子大生の集団で賑わっていた。お互いに待つのはそこまで好きではない。だから、私たちは比較的空いている和食屋さんに入った。私は頼んだ和風ハンバーグを待ちながら、先輩が鯵を箸で綺麗にほぐしていくのを見ていた。着ているセーターの質や財布のブランド、箸の使い方など、所々で育ちの良さが垣間見れる。退屈だが、その分私が傷つくようなことを言ったり、したりはしない人だ。退屈さがなくなってしまえば、彼のそういった良さもなくなってしまうのかもしれない。

「さっきの人とは仲がよかったの？」

「え、あー、うん」

「なんとなく、凪子は男子とそんなに仲良くするイメージがなかったから」

「どうだろ、確かにあんまり仲のいい男友達はいなかったかも」

先輩は何かを考えているようだった。私たちの仲のなんとなく気まずい関係を遮るように、私が頼んでいた和風ハンバーグが届く。私がそれに箸をつけようとすると、彼が小さな声で「ねえ」と話しかけてくる。

「好きだったの、さっきの人のこと」

それは私には答えられなかった。「好き」という言葉は曖昧だ。好きといえば好きだが、苦手だと言えば苦手だ。

「中学の頃の話でしょ。凪子の話あんまり聞いたことなかったから聞きたいなって」

「どうだろう、わかんないや」

好きとか、嫌いとかわからない。目に見えないものは、わからない。自分の感情が、わからない。しかし、それを正直に告げれば、彼のことを否定することになる。退屈で、そんなに好きじゃないけれど、嫌いでもない。傷つけたいわけでも、否定したいわけでもない。私が言いにくそうにしていると、「変なこと聞いてごめんね」と謝ってきた。感情に聡い、そういうところは好きだった。

私のせいで、少しだけ柔らかくなった空気も、また気まずいものに戻ってしまった。お互いに気を使っているのがわかる。先輩は二人分のご飯代を払ってくれた。映画代もいつも出してくれる。先輩は社会人で、私は学生だ。だけど、私だって自分のご飯代と映画代くらいは余裕で払える。それを伝えたこともあったが、先輩は譲ってくれなかった。男の矜持というものなのだろうが、女の私にはよくわからない。デートしてお金を出してもらうって、なんだか援助交際みたいだ。

「あ、ごめん。そろそろ帰らないと」

私は気まずさからとっさに嘘をついた。実家暮らしで門限があるということにしておいてよかった。先輩は少し残念そうに「じゃあ、また」と言ったが、どこかほっとしているようにも見えた。息苦しいのはお互いに同じで、なんでその中で時間を共にしなくてはいけないのかますますわからなくなった。駅まで送ると言われたが、私は断って一人で歩いた。ICカードを取ろうと思ってポケットに手を入れると、そこには他にもう一枚の薄い紙が入っていた。レシートかなと思って取り出すと、それは折りたたまれた皺の寄ったメモ帳だった。ゆっくりと開くと、そこには書き殴られた文字で、電話番号が書かれている。

「こんなのいつの間に」

私はそう思ってメモ帳を見ていた。その文字には見覚えがあった。おそらく辰巳だ。数字じゃ筆跡はよくわからないが、字は汚かった。それに、別れ際に言っていた私しだいという言葉。きっと、私が連絡をすればまた会えるという意味だったのだろう。破り捨ててしまおうと思った。でも、そうはできなかった。まだきっと、ひと匙の甘い希望が残っているから。私は辰巳の手のひらの上で踊らされている。それが不思議とそんなに嫌じゃなかった。

辰巳吉野という男は、私が中学二年生の頃に転校してきた。クラスでもかなり身長が高い方で、関西弁を話す目立つ少年だった。誰かと特段仲良くなるということはなく、飄々としていて掴み所のない性格。ただ、女子にはよくモテた。高身長でガタイもよかったため一見怖そうに見えるが、ベビーフェイスとぼけっとした話し方のギャップもよかったのだろう。ミステリアスなところも、中学生の目には大人っぽく映った。彼の名前を一躍有名にしたのは、一つ上の代にいた学校一の美人だと言われていた先輩を二週間で彼女にしたことだった。その一件は瞬く間に学校中に広がった。「辰巳吉野はヤバイらしい」という噂は、他クラスで恋愛とは縁のない真面目さしか持っていなかった私の耳にも届いたほどだ。辰巳がキスマークをつけてきたというのも噂で聞いた。私は実物を見たことがなかった。キスマークが内出血のような鈍い所有印だということも、まだ知らなかった頃だ。そんな生々しいもの、その頃の私にとっては一周回っておとぎ話のような、現実味のない話だった。辰巳はそんなに話題をかっさらった割に、先輩とは一ヶ月ちょっとしかもたなかった。そのあとは先輩も同級生も関係なく、彼女を作っては別れるを繰り返していた。「辰巳吉野は女好き」そんな共通の認識ができた頃に、私は三年生に上がり彼と同じクラスになった。

辰巳は近くで見るとただの問題児だった。サボりは多いし、授業は寝ている。彼女は取っ替え引っ替え。ただ、不良かと言われるとそうではない。喧嘩や荒っぽいことはしない。彼との会話には「暖簾に腕押し」という言葉がよく合う。怒っても馬鹿馬鹿しくなってしまうのだ。その持ち前のマイペースさと穏やかさで、彼のことを嫌う人はあまりいなかった。


「辰巳吉野って、どっちが苗字かわからないね」

そう言った私の純粋な感想に辰巳は、なんだか嬉しそうにした。

「せやねん。苗字は何回か変わったことがあるけど、こんなに紛らわしいのは初めて」

辰巳はどうやら少し重そうな家庭事情をあっけらかんと話した。

「いいの、私にそんな話しても」

そう私が尋ねると、辰巳はすごく不思議そうな顔をした。

「私たちそんなに親しくないし、そんなプライベートな話をしてもいいのかなって」

「あ、別にいいんよ。減るものでもないし、事実やし」

辰巳は何事もないようにそう答えてから、私の顔を覗き込んだ。

「聞いて嫌やった？」

「いや、私は別に」

「凪子ちゃんって、律儀なんやな。親しさなんて誰だってそんなに変わらんよ」

その言葉に、この人は優しそうに見えて本当はそうでもないのかもしれないと思った。誰にでも優しくできるというのは、裏を返すと誰に対しても無関心ということなのだろう。特別な人が居たらきっと、酷い言葉をかけたくなることもあるし、腹が立つこともある。それがなければ逆に心は割と平坦にしておける。辰巳吉野という人間はここにいるようで、本当はここには居ないのではないかとすら思った。でも、そんな私が考えているややこしいことなんて本当は存在しないみたいに人懐っこく笑うから、私はとうとう彼という人間がよくわからなかった。彼は案外私に構ってきた。教科書を忘れることなんて日常茶飯事だったし、何かにつけて話しかけてきた。中庭の猫のこと、雲の模様の出方、担任の少しダサいTシャツの柄のこと。他愛もない話ばかりだ。他の同級生の会話と比べてもゆったりとした会話は、辰巳が女たらしと有名なことなんて忘れさせるようだった。引っ込み思案の私とは異なり、誰とでもよく話していた。来るもの拒まず、去るもの追わずがポリシーだと前に言っていたのを覚えている。私もその中の一人でしかなかったが、何度か家にいったことがあった。辰巳は学校を休むことが多く、大切なプリントが配られた日には届けに行かされることが多い。初めて辰巳の家に行ったのは、進路希望用紙を届けに行った日のことだ。

「どうしたん？」

そう言って悪びれもなく笑う姿は、とても体調不良には見えなかった。

「サボり？」

「言わんといてね」

そうやって、優しげな垂れ目をキュッと細めた。私はその顔にどうも弱かった。真面目さしか取り柄がなかった私にとっては、それはなんだか共犯者のような響きを持っていて気持ちよかった。だから、それからもサボりを咎めることもせずに、健気に私は辰巳の元にプリントを運んだのだ。初めは持っていた警戒心も、しばらく通ううちに薄くなっていく。二ヶ月も経つ頃には、辰巳の家でお菓子を食べるくらいにはなっていた。彼の住んでいるのは、学校から少し離れたアパート。お世辞にも綺麗とは言えない木造のアパートの二階の角部屋に住んでいて、お母さんはお仕事が忙しいようで私は一度も会ったことがなかった。一緒にいると、たまに辰巳はひどく甘い顔を見せてくる。普段の友達の距離感ではないような、声色で「凪子ちゃん」と呼ぶ。この人がモテる理由がわかった気がする。私は覚悟が持てず、流されるのも癪だったので、それをかわし続けていた。私が彼に「冗談はやめて」と返すたびに、なんだかとても嬉しそうに笑うのだ。

その日は、少しだけいつもと違かった。サボりで休む辰巳は本当に微熱があって、私は辰巳に少しだけ絆されてしまった。あっと言う間に、私は彼の薄い布団の上に寝転んでいた。辰巳が私のことを見下ろす。その瞳が、いつもよりも少しだけ鋭いものだった気がする。ニコニコしているから優しい顔立ちに見えるだけで、近くで見る彼の少しだけ薄い色の瞳は全然優しそうではなかった。私は半分パニックだった。でも、半分はとても冷静だった。オーバーヒートしそうなくらいグルグル回る頭の隅で、他人事みたいに俯瞰で状況をただ見つめている自分がいた。こっから先、何が起こるかわからないほど子どもではない。それは本当に薄っぺらい知識で、本当はその先に何があるかなんて知らない。このまま流されてもいい気がした。しかし、絶対に流されてはいけない気もした。私にはよくわからなかった。何が正しくて、何が間違っているのか。こんなこと教科書には書いていない。大人はきっとこれを悪いことだと言う。ただ、それはステレオタイプの中学生に向けた答えであって、私と辰巳のためのものではない。私はただ彼の目を見ることしかできなかった。彼とは目が合っているようで合っていない気がした。私の頬に、辰巳の大きな手が触れる。それはひどく甘いもののように見えたが、機械的なようにも感じた。私の中にある戸惑いが、辰巳の中にはない。私は初めてで、いっぱいいっぱいなのに、辰巳はいつものことみたいに進める。それは、私のことなんか見えていないようだった。

「辰巳、私がこのまま何もしなかったらどうなるの」

　それは駆け引きでもなんでもなく、純粋な疑問だった。恋人という肩書きを持っていない私たちが、身体を重ねたらその先には何があるんだろう。今のことなんてなかったみたいに、私たちは明日の朝も「おはよう」と挨拶するのだろうか。

「彼女に、なりたい？」

　辰巳は静かに、私のことを見定めるようにその言葉を投げかけた。私はゆっくりと首を横に振る。

「別に、興味ない」

　何がそんなに楽しいのかわからないが、辰巳は愉快そうに笑った。不思議と恋人になりたいとは思わなかった。それは、嫌いとか、怖いとか、そういうものとは違った。もしかしたら甘い関係なのかもしれないけれど、私と辰巳の間には要らない気がした。その直感は不正確で、正解かどうかはわからない。恋愛なんて、人間関係なんていつもきっとそんなものだ。誰も、何がよかったのかなんて教えてくれない。参考書は役に立たない。

「辰巳、やっぱり嫌だ」

　私がそう言うと、ゆっくりと上半身を起こした。「そう言うと思った」と辰巳はどこか自嘲気味に答えた。私はそんな彼の姿を見て何も声をかけられなかった。私は、辰巳を拒否した。そんな私が何を言っても薄っぺらくて、きっと響かない。

「俺と凪子ちゃんは反対やから」

　そうやって辰巳は私から離れた。その姿をずっと見ていることしかできなかった。

私は次の日の朝、辰巳と顔をあわせるのが気まずかった。でも、辰巳は何事もなかったように「おはよう」と声をかけてきた。誰も、辰巳はそれから一ヶ月後にまた転校をしていった。誰も、辰巳が転校することも、どこに行ったかも知らなかった。メールアドレスを知ってはいたけれど、連絡は入れなかった。「どこに行ったの」から先、何を聞いたらいいかがわからなかったから。


「辰巳吉野?」

桃香は自分の顔くらいあるハイボールのジョッキを持ち上げながら訝しげに答えた。

「あれでしょ、関西弁の転校生」

ハルちゃんはそう言って、桃香が「ああ、なんとなく覚えている気がする」となんだか納得したような、していないような顔をした。

「いや、覚えてるよ。あのめっちゃ彼女変えてた人でしょ」

桃香とハルちゃんは中学校の友人だった。一番仲がよかったわけじゃないけど、近所で一緒に学校に通っていた幼馴染だ。いまだに半年に一回くらいは集まってお酒を飲んだりしている。桃香はどちらかというと派手でモテるタイプで、ハルちゃんは吹奏楽部で女子とよくつるんでいるタイプだった。二人は私と辰巳の間にあった関係を知らない。私がそのことを誰かにいうことはなかった。だから桃香は「なんか接点あったっけ」と不思議そうにしていた。

「中三の頃、クラス一緒で席が隣だったから」

「ふーん、なんか意外かも」

「私が面識があったことが?」

「それもだけど、勝手に若くして死にそうだなと思った」

「確かにそれはわかる気がする」

「なんだっけ、ロックンローラーがさ二十七歳で死ぬみたいな」

桃子の言ったその表現はあっている気がした。辰巳はあの頃はすぐに消えてしまうような、そんな危うさがあった。

「なんかさ、辰巳くん転校して行っちゃったじゃん。私あの時、この人はそういう人だったなあって思った」

「あれだよね、カナが騒いでたよね」

カナというのは辰巳の元カノで、桃香と仲が良かった派手なタイプの女子だった。元カノというのは今となっては本当かはわからないが、辰巳はきっと「彼女」という名前を欲しいと言えばそれを拒むことはなかっただろう。転校していった日に教室で見せびらかすように泣いていたのを思い出す。廊下の真ん中で友人に囲まれながら泣いているカナを冷めた気持ちで見つめていた。辰巳といて、それでも一度も彼が消えてしまうと思ったことがなかったのだろうか。カナが辰巳と別れたのは、三年になってすぐのことだった。彼女は私たちの関係を知らない。だから、自分だけが悲劇のヒロインみたいに泣けるんだ。羨ましいと思った。いつだって本質を見ていないような人ばかりが幸せになれる。その身勝手さが、鈍さがうらやましかった。

「カナと言えば、またすぐに彼氏変わったよね」

そう言って桃香がＳＮＳの画面を見せた。そこにはカナと茶髪の真面目そうな男が映って幸せそうにピースしている。

「カナってこういうのタイプだったたっけ？」

ハルちゃんが隣の男の画像を拡大した。学生時代に彼女が好きだったような男性とは違った。でも、楽しそうに笑っていた。

「カナはあれじゃん、好きって言われた人を好きになれるタイプじゃん」

いわゆる恋愛体質というのだろうか。いつでも、自分を幸せの中心に置くことができるのが羨ましかった。

「てか、凪子はどうなのよ、彼氏とうまくいってるの？」

桃香が野次馬のように聞いてくる。私は居酒屋の少し濡れたテーブルに突っ伏した。

「ハルちゃんに聞けばいいじゃんか」

「ハルの恋バナなんて聞いたって幸せ酔いするもん」

「えー、聞いてくれたっていいのに」

ハルちゃんは高校の時から付き合っている彼氏がいる。もう四年くらい経つけど、この二人は結婚するんじゃないかと思うくらいに順風満帆だ。コロコロ彼氏が変わる桃香や、全く男っ気がなかった私とは違う。

「どうなのよ、あの彼氏とは」

「もう別れたい」

私がそういうと、桃香は機嫌良さそうに「だから言ったでしょ」とハイボールを煽った。

「なんで？　悪い人ではないんでしょ」

「なんか、全然好きじゃない」

その言葉に桃香は余計に愉快そうに笑った。

「だから言ったでしょ、凪子にはそういうタイプの幸せは無理」

　先輩と付き合うかという話をした時に桃香に「絶対に続かないよ」と言われたことを思い出す。桃香の言葉は私の中に呪いみたいに残り続けていた。結果として、桃香の予言は当たるわけだから、付き合いが長いだけある。

「桃香のせいじゃん」

「はあ？　人のせいにしないでくれる？」

「私って幸せになれないのかな」

　私がカシオレを呑みながらボヤくと、ハルちゃんが「こういうのは向いていないし、求めていないんでしょ」って一蹴した。

「求めているよ、私だって普通に結婚して幸せになりたい」

「はい、うそ」

「なんで」

「私の話だって、桃香の話だって、いいなっていう割にちっとも羨ましいって思っていないじゃん」

「それたまに言われる」

「何があったか知らないけど、諦めちゃってるんでしょ。自分にはそういうの向かないって」

　ハルちゃんはそう言いながら、優しく笑った。人の話を聞かないって、忠告を聞かないって、たまに言われる。相談していても、答えを欲しがっていないみたいって言われて、高校の同級生と疎遠になった。ハルちゃんはよくやるなと思う。私の答えの出ない愚痴に、いつも答えをくれる。それを聞いても私が、納得も改心もしないって知っているのに、毎回律儀にそうやって返してくれる。

「私だって、いつだって順風満帆なわけじゃないよ。半年に一度だからそう見えるだけ。別れてやろうって何回も思ったことある」

　ハルちゃんは当たり前のように幸せでいるように見える。それは私にはそう見えるだけで、当たり前なはずはない。いつも、そうやって、人の幸せを妬んで、誰かを傷つけてしまう。

「うまくいかないな」

　私はスマートフォンを開いて、通知を眺めていた。「次いつ会う？」という先輩の連絡は開かないで閉じた。先輩は悪い人ではない。退屈ではあるけれど、それは半分は私自身のせいだ。自分が頑張れば叶うことは好き。勉強だって、アルバイトだって、メイクだって、自分自身のことは、私が頑張れば基本的には上手くいく。

ただ、対人関係は違う。私がどれだけ頑張っても上手くいかないものは上手くいかない。佳花も、先輩も、高校生のときに三ヶ月だけ付き合った元彼も、辰巳も。みんな、どこかで歯車がずれていってしまった。自分の内側に人を入れるのが怖い。一番を求められるのがストレスだが、私は一番にしてもらいたい。いつだって矛盾だらけだった。高いプライドの割に矮小な自分自身に嫌気が差した。

佳花が指定してきたのは、船橋の外れの二階建てのアパートの一室だった。私は少し緊張した面持ちでチャイムを押した。彼氏と一緒に来る？　と聞かれてとっさに否定したが、今思えばついてきてもらえばよかったかもしれない。先輩を誘う気にはなれなかったけど、辰巳についてきてもらってもよかった。私の葛藤なんて御構い無しに、すぐに足音が聞こえてくる。

「凪子、来てくれたんだ。入って」

扉を開いた佳花は嬉しそうに、私を招き入れた。佳花の家はお世辞にも綺麗な家とは言えなかったけれど、それでも綺麗に使っていた。ラグだったり、置かれた人形が部屋を若い二人のためのものにしていた。リビングまで入ると、そこには男が座っている。眼鏡をかけた男性は、佳花の話だと歳上らしいがそれよりもずっと若く見えた。彼の方を向いて、嬉しそうに笑う。

「この人が旦那の、冬樹」

冬樹さんは「初めまして」と丁寧に私に対してお辞儀をした。優しそうな人だったが、言い換えれば地味な人だった。こんな地味な人が不倫するなんて、人は本当に見かけによらない。もしかしたら、彼と佳花が運命の赤い糸とやらで結ばれていたのかもしれない。もう、そう思っていることすら薄ら寒かった。

「初めまして、高木凪子です」

私はそれだけ言って、ソファーに腰をかけた。リビングの壁にポスターが貼られている。『エルム街の悪夢』のポスター。それは昔、佳花が好きだと言っていた作品だ。私がそれを見ていると、冬樹さんが話しかけてきた。

「映画がお好きなんですか？」

「え、ああ、はい」

「佳花も、映画が好きだから、それで仲良くなったんでしょうね」

冬樹さんの出してきた話題は、普通の世間話だった。

それが私のことを妙に苛立たせた。そんなの私の方がよく知っている。私の方が前から佳花のことを知っていたし、映画だって何回も見に行った。一年前の私なら、食ってかかっていたかもしれない。でも、少しだけ落ち着いたので、静かに「そうかもしれない」と答えた。

「佳花がまだ大学通っていたらって私、今もたまに思います」

私がそう声をかけたのは、佳花が席を立ったタイミングだった。冬樹さんは作られたみたいな申し訳ない表情を浮かべる。それ以外には何もなくて「僕も思います」って弱々しく呟く。

「無責任なんですね」

私の言葉に対して、冬樹さんが何かを返すことはない。ただ、申し訳なさそうに、困ったように笑うだけだった。

「気分悪い、気持ち悪い」

怒りか、嫉妬か、どうしようもない気持ちが上ってくる。私は立ち上がって、冬樹さんを見下ろした。

「こんなの、おままごとだ。誰も幸せにならない」

反論が欲しかった。何もないみたいに、受け入れているみたいに笑わないでほしい。無知と、短絡的な思考をこの男が持っていなかったら、私は誰にこの気持ちをぶつければいいのかわからないから。

「人生を捨てた佳花も、不倫をされた伊澄ちゃんも、みんな馬鹿みたい」

私がそうやって吐き捨てる。冬樹さんは、また、困ったように笑った。

「僕らはそれを選びましたから」

その言葉は小さかった。しかし、きっと揺らがないんだろうなと思う硬さがあった。私にとってその言葉はナイフで、バリケードで、答えだ。机をひっくり返してやりたかった。ティーカップを割ってやりたかった。でも、そんなことをしてもこの男はきっと、また困ったように笑うだけだった。私は持ってきたハンドバッグを持つと、そのまま廊下に歩いて行った。冬樹さんは止めることもせずに、それをゆっくりと見つめていた。

「凪子どうしたの?」

トイレから出てきた佳花は困惑した様子で声をかけてきたが、私は「帰る」とだけ伝えて部屋を出た。誰かが追いかけてきてくれることはなかった。

どうにもならないような気持ちだった。一人で抱えるにはあまりに重く、誰かにいうのも憚られる。私はどうにも落ち着かないような気持ちを持て余していた。しばらくは怒りがエンジンになって、私の足を動かした。あのボロいアパートから離れると急に力が抜けていき、私はその場に座り込む。泣き叫びたかったが、そこまでできるほどには正体を失っていなくてうずくまって、すすり泣いた。ひどく虚しかった。寂しかった。自分が嫌で嫌でどうしようもなかった。気に入っていたキラキラの爪も、なんだか偽物みたいに感じて剥がしたかった。先月の給料で買ったワンピースも、お母さんのおさがりのヴィンテージのバッグも全部、破いて、田んぼに投げ捨てたかった。誰かに、いいよって言ってもらいたかった。その時に、バッグの中に眠っていた辰巳の連絡先が浮かぶ。道路なんて気にせずに、バッグの中身をひっくり返した。ミラーや財布、リップがゴロゴロと落ちて、最後にくしゃくしゃのメモ帳が出てきた。私は、そこに書かれた電話番号をスマートフォンに打ち込む。それから、慌てて電話をかけた。三コール目で辰巳は出た。

「もしもし」という声は、私の電話番号を知らないはずなのにいつもの暢気な声だった。何しているんだろう、私。辰巳は私だけの特別にはなってくれない。そんなの知っていたはずなのに、頼る相手がここしかないなんて笑える。私も辰巳の周りにいる、辰巳の目には映らないただの女と変わらない。それがひどく虚しかった。

「えーと、凪子ちゃん?」

辰巳のその言葉は意外だった。私だとわかっているとは思わなかったので、「へ」と間抜けな声がこぼれ落ちた。

「気がついていたの?」

「泣いてるの」

柔らかく、まるで心配でもしているかのように私にそう尋ねた。でも、私の何も言わなそうな感じに気がついたのか、聞いてこようとはしなかった。

「やって、凪子ちゃんくらいやもん。電話番号渡したの」

辰巳はどこか外にいるようで、後ろの音はガヤガヤとしていた。駅に向かう道で私は辰巳の後ろの声を聞いていた。「安西くん、どうしたの」という女の声がする。

「凪子ちゃんごめん、すぐ掛け直すわ」

辰巳はそう言って私の電話を切った。私の耳にはツー、ツーという電子音だけが残る。住宅街は賑やかだった。公園で遊ぶ子供の声、散歩する犬の鳴き声、大人の喋り声。人はたくさんいるのに、私だけが世界から取り残されたようにひとりぼっち。それが切なくて、悲しくて私はただ沈んでいく太陽をじっと見つめていた。

佳花が男と暮らしていることも、辰巳が女といることも今更だ。元からわかっていた。その今更がひどく私の心を揺さぶる。手のひらに持ったままのスマートフォンが震えた。表示されたのは、さっき自分で打った覚えのある電話番号だった。

「もうかけてこないと思った」

「すぐ掛け直すって言ったやん。さっきんとこ五月蠅かったやろ」

「女の子といたの」

「そうだよ、友達」

友達と言い切った。友達って何をする友達だろう。どこまでが友達？　私と辰巳は友達？　佳花と私は友達？友達というカテゴリーはあまりに大きすぎて、本当の友達は何をするものなのかを忘れてしまう。

「どこにおるん？　いま」

「いま？　船橋」

「千葉の」

「そう」

そう答えると会話が途切れる。辰巳は私の言葉を待っているようだった。しかし、私には続けられる言葉が何もなかった。そもそも、自分が何を求めて連絡をしたのかをわかっていない。だからこそ、この後何を話せばいいのかわからなかった。慰めて欲しいのか、それは違う気がする。馬鹿らしい、傷ついた気になって電話をかけて、だからってそれが辰巳になんの関係があるんだろう。

「ごめん、切るわ」

「用があって、電話してきただけとちゃうの？」

「用なんて何もない、突発的にかけちゃった」

辰巳は少しだけ間をあけて、何かを考えているようだった。それから、遠慮がちに「うちくる？」と聞いてきた。

「辰巳は、今どこに住んでいるの？」

「東池袋」

普段の私なら断っていただろう。ただ、とにかく寂しかった。それに、彼の家に行くのはなんだか懐かしくて、私の中ではもう「行かない」という選択肢はどこにもなかった。

「一時間くらいちょうだい。駅に着いたらまた連絡をする」

「待っとるよ」

その声はなんとなく、甘い気がした。縋っちゃいけないってわかっているけど、すがりたかった。

駅前にいても、辰巳はよく目立った。夕方の駅前は帰りの学生やサラリーマンが多く、思っていたよりもずっと賑わっていた。その中でも一つ頭が飛び出ていたので、すぐにどこにいるかはわかった。「辰巳」って声をかけると、穏やかに笑った。

「凪子ちゃん、ひどい顔やねえ」

バッグの中から取り出した手鏡を覗くと、泣いたせいでマスカラが落ちてしまっていた。化粧は崩れて、目は腫れて、辰巳の言う通りひどい顔だった。何かをする気にはなれず、私は特に言い返さなかった。

「うち行く前にコンビニ行って、化粧落とし買ってこ」

そう言って、私は前を歩く辰巳について行った。私よりもだいぶ背の高いはずの辰巳の歩幅は狭く、人と歩くことに慣れているなと感じる。駅前のコンビニで、私はカゴの中にウェットティッシュみたいな化粧落としと旅行用のスキンケアセットを入れる。それから、自分用のお茶とチョコレートも追加した。

「辰巳、お家にお邪魔させてもらうからなんか奢るよ」

「ほんま？　じゃあ、有り難くお言葉に甘えさせてもらうわ」

彼はポテトチップスとさきいかと、コーラをカゴの中に入れた。

「もっと、ビールとかかと思った」

そう言うと、辰巳は「確かに、せやな」となぜか自分でも不思議そうにしていた。

「ビール入れてく？　買うよ」

「んー、今はええわ」

「なら、いいけど」

不思議な言動に、私はかまわずに会計を済ませた。コンビニから出ると、辰巳は何事もなかったかのように、私のレジ袋を持った。「俺のも入っているから」と言って持ってくれたので、お言葉に甘えて持ってもらった。

連れてきてくれたのは、駅から十分くらい離れたところにあったマンションだ。昔辰巳が住んでいたような少し汚めのアパートを想像していたので、思ったよりも綺麗で驚く。さっき訪れた佳花の家よりもだいぶ綺麗だった。

「なんか、綺麗なところ住んでいるんだね」

「学生マンションやもん。そんな汚くはならんよ」

辰巳は溢れ出る郵便受けの中から、ダイレクトメールやら何やらを引っこ抜いた。その中から一枚ハガキがひらりと落ちる。そこに書いてあったのは「安西吉野」という名前だった。そういえば、さっきの電話越しの女は辰巳のことを安西くんと呼んだ気がする。

「苗字変わったの？」

「中学卒業する頃には、母さんが再婚したからね」

「言ってくれればよかったのに」

「なして？」

「だって、もうずっと辰巳じゃないんでしょ」

「関係ないやん、名前なんて」

「そういうもの？」

「凪子ちゃんにとっては、俺はずっと辰巳なんやろ？安西じゃなくて」

「そうだけど」

「名前なんて関係ないやん。ましてや苗字やろ？」

そう言われてしまえば、それ以上私が何かをいうのは間違っている気がする。だから、私は変わらず、辰巳と呼ぶことにした。辰巳の部屋は三階の角部屋。ポケットの中から、色が禿げたクマのキャラクターのキーホルダーが付いた鍵を取り出して開けた。

「散らかっとるけど、怒らんといて」

部屋は確かに散らかっていた。でも、そもそも物が少なく殺風景なのでそんなに気にならない。

「ここで本当に暮らしているの？」

部屋には、ちゃぶ台のようなローテーブルの上にいくつかのビールの空き缶が乗っている。あとはベッドとタンスと必要最低限のものだけ。テレビすらも部屋にはなかった。

「人ん家に泊まることの方が多かね」

人の家っていうのは、おそらく女の家だろう。きっと、正直に尋ねても頷くだけなので聞かなかった。私が変わらないなというような視線を向けたことに気がついて、彼はゆっくりと笑った。

「俺、寂しがりやろ？」

「知らないよ」

「一人は寂しい、だから誰かといる方が好き」

「私はずっと誰かといる方が疲れちゃう」

「そうやね、俺らは反対だから」

私に最後に言われた言葉と一緒だった。私自身も、その言葉が嘘だとは思わない。だから、否定はしなかったけれど、辰巳がなんだか寂しそうにするのが気になった。

「凪子ちゃん、メイク落としてきな」

コンビニの袋からメイク落としを取り出し、私に差し出した。

「スキンケアのやつも取って」

そう言えば「これもそれに使うんやったんや」と言いながら渡してくれた。廊下にあった洗面所に入る。洗面台には歯ブラシと、ドラッグストアでよく見る洗顔料が置かれていた。壁にかかっているタオルはいつのものかわからなかった。

「これタオルいつの？」

大きな声で声をかければ、ドタドタと足音が聞こえてくる。

「ちぃっと、待っといて」

洗濯機の隣にあった棚から、まだ綺麗そうなタオルを取り出す。それから、「はい」と渡された。辰巳はそのままリビングへと消えて行った。まさか人の家で、それも辰巳の家で化粧を落とすことになるとは思わなかった。シートタイプの化粧落としでメイクを落とす。普段は肌に負担がかかるからあまり使いたくない。ただ、背に腹は変えられない。パンダ目で過ごすよりはましだった。メイクを落としてから洗顔をして、気持ちばかりのスキンケアをする。メイクをしないで人に会うのっていつぶりだろう。それこそ、佳花と泊まったときにスッピンになったことはあった。でも、桃香やハルちゃんの前だって、もうスッピンでは出ない。人の家の鏡で見るスッピンはいつもよりも、幼く、淀んで見えた。

「そっちだと懐かしいな」

辰巳は私のスッピンを見て、嬉しそうに笑った。

「何？　嫌味」

「違うよ、そっちの方が俺には馴染みがあるから」

出会った頃の私は中学生だから、当然スッピンだ。だからと言って、そこを突っ込まれるのは、なんだか照れくさい。

「凪子ちゃん、久々にあったら綺麗になっとるから。たまになんだか知らん人みたいに思える。それが寂しい」

「そりゃ、最後に会ったのは中学生の頃だから」

「せやけど、凪子ちゃんそんなに見た目を気にするタイプやなかったやろ？」

確かに、中学生の頃は見た目を気にするタイプではなかった。桃香みたいにスカートを折ることもなかったし、唯一のおしゃれは透明リップくらいだった。

「たとえばさ、このワンピースは二万くらいするんだけど」

私はそうやって、着ていたレースのワンピースの裾を掴んだ。

「私自身の価値って不明確だけどだ、二万のワンピースが安くなることはないじゃん」

「そやね」

「そしたら、それを着ていたら、二万以上の私になれるのかなって」

「そんなわけないんだけどね」と私が自嘲気味の笑ったが、辰巳は笑わなかった。

「わかるよ」

どこを見ているかわからない瞳で、辰巳は私に「わかるよ」と言う。私の意見に同意することは少ないので、なんだか新鮮だった。

「辰巳もそんなこと思うの？」

「凪子ちゃんは俺のことなんだと思っとるの？」

「なんか、そういう感覚がなさそうで。人とか関係ない感じするじゃん」

「普通に、傷ついたり、落ち込んだりもするよ」

やっぱり笑っているのか、笑っていないのかわからないような表情をしていた。

「一人でいると自分を見失いそうになる。でも、隣に誰かがいたら求めた姿になってあげられる。だから、自分を見失わなくても済む」

遠くを見ているような視線はその瞬間だけで辰巳はベッドの上に乱雑に並んだクッションを私に向かって投げる。

「その上座って、床は硬いから」

私は唐草模様のクッションの上に腰を下ろす。殺風景な部屋は逆に何を見ていいかわからなかった。ただ、部屋の空き缶のラベルを見つめる。自分から来たのに、柄にもなく緊張をしているのがわかった。辰巳はそんな私を見て愉快そうに笑った。

「ビールの空き缶がそんなに楽しか？」

「別に」

「緊張しとるんやろ」

何もかも見透かされている気がして、気分が悪い。ただ、なんだかその感覚がひどく懐かしかった。

「なんで、俺にかけてきたん？　彼氏と喧嘩でもした？」

「いや、あの人は関係ない。てか、見えてたの？」

「そら、凪子ちゃんの後ろからずっと俺のこと睨みつけていたから」

「辰巳こそ、女の子と一緒にいたんでしょ」

「凪子ちゃんの方が大切だから、こっちに来たのわからん？」

「気まぐれでしょ」

「そう。気まぐれ。でも、全部が嘘じゃないよ」

「嘘じゃない」というのは何よりも正しい気がした。正しくないものが、いつだって嘘なわけではない。それは彼自身を何よりも表している気がする。

「昔から凪子ちゃんには躱されてばかりだから、凪子ちゃんから連絡くれたのは嬉しかった」

どこまで信じていいのか分からなかった。全てが嘘ではないといったのがきっと一番正解に近い。

「なんで泣いとったの？」

少しだけ聞きずらそうにしていた割に、何事もないように声をかけてきた。

「辰巳が聞いていて楽しいようなことなんてないよ」

「言いたくないなら、言わんくてもええよ」

辰巳は何かを強く求めることはない。今だって、あのときだって。踏み込んで来そうで、踏み込んでこない。それが無関心なのか、気遣いなのかわからない。

「親友がいて、本当に好きな子だったんだけど、結婚して学校を辞めちゃったの」

じっと黙って、けれども飽きている様子もなく私の話を聞いてくれた。

「今日さ、その子の家に行った。私はその子がいなくなってから、空っぽみたいに過ごしていたけれど、その子は幸せそうで。なんか、なんて言ったらいいんだろう」

言葉に出してみたはいいけれど、その先は出てこなかった。嫉妬なのか、僻みなのか。その全てと言われればそんなような気もしたし、全部違うような気もした。

「わかるよ」

「わかるの？」

「うん、わかる。言葉にはできないけれど」

大げさに言っているようでも、適当に言っているようにも見えなかった。きっと、辰巳もその答えを持っていない。私は出会ってから初めて、彼と自分が似ているかもしれないと思った。それ以上は何も言わなかった。私も、ずっと黙っていた。しばらくそうしていると、窓に雨粒が叩きつけられるような音がした。

「泊まっていく？」

「終電で帰る」

「残念」と辰巳は大して残念でもなさそうに返した。

「ちょっと今日は疲れちゃった。もう少し居てもいい？」

「凪子ちゃんの気が済むまで居てええよ」

優しく笑いかけてくる。部屋には面白いものなんて何もない。だけど、スマホをいじるのはなんだか違う気がして、私はさっき買ってきたスナックをチマチマと摘んでいた。鞄に入っていたスマホがブルっと震える。佳花からのメッセージが届いていた。「今日はありがとう」のような当たり障りのないメッセージと、持っていった指輪の写真だった。佳花の家でとってからそのまま置いてきてしまったのだ。安いものならそのまま捨ててもらったが、お母さんのお下がりのサファイアの指輪だったのでそうするわけにもいかない。

「どうしたん？」

「さっき言った子の家に指輪置いてきちゃった」

「指輪なんて置いてくる？」

「ご飯とか食べるときに指輪しているの嫌なんだよ」

「ふーん」と興味のなさそうに答える。確かに、辰巳が着飾っているような姿は見たことがないかもしれない。アクセサリーといえば中学生の頃から開いているピアスくらいだ。

「辰巳はピアスだけだもんね」

「これも、開いてるから入れとるだけ」

「そう」

「開いているものがあると、埋めたくなるもんやろ」

「そういうもんかな」

「俺はね」

ピアスに憧れたことはあった。でも、なんとなく踏ん切りがつかなかった。身体に穴を開けることに抵抗があった。辰巳の耳に目を向けると、そこには青い石が輝いている。

「サファイア？」

「貰いもんだからわからんけど、安いやつだと思うよ」

私も宝石の目利きができるわけではないから、それが本当に安いものであるかはわからない。イミテーションも、本物も、言われないと気がつけない。安いものと言われれば安く見えるし、高いものだと言われれば大層なもののようにも見える。

「置いてきた指輪にも同じような色の石が埋まってたの」

「本物？」

「らしいよ。お母さんのだからわからないけれど」

「じゃあ、捨てられんね」

当たり前のようにそう答えた。その肯定は、お母さんのものであることなのか、本物であることに対してなのかはわからない。偽物だと言われれば、私は捨てるのだろうか。指輪じゃなくても、なんでも。本物だと、誰かが言ってくれれば、私はそれを大切にするのだろうか。

そう考えると、今まで大切にしてきたものはひどくつまらないもののように感じる。逆に、捨ててきてしまったものが本当はとてもかけがえのないもののようにも思えてくる。不安定で、不明確。いつでも映画みたいにはいかない。

「憂鬱だ」

「付いて行ってやろうか?」

そんな提案を向こうからしてくるのは意外だった。「どんな心境の変化?」と尋ねると、少しだけ愉快そうに笑った。

「凪子ちゃんが大切にしとったもん、見てみたくなった」

それは彼らしい答えだった。悪趣味だ。私が手に入らなかったものを見たがる。でも、辰巳の目に佳花がどう映るかも見てみたいと思った。

「もしかしたら頼むかも」

「ええよ、電話して」と人あたりが良さそうにそう答える。一人で行くにはあまりにも気が滅入る。付いてきてくれるなら、そんなに有難いことはなかった。彼は冷蔵庫に向かい缶ビールを持ってきた。左手には甘くて度数の低い缶チューハイも握られていた。

「凪子ちゃんも呑む?」

「酔わないやろ、これくらいじゃ」という言葉にのせられ、私は彼から缶チューハイを受け取った。桃の味のするチューハイは別に美味しくはなかったし、こんなくらいで酔ったりはしないが、なんだか妙に緊張していた。

「毎晩こうやってお酒呑んでるの」

「毎晩やないけど、呑む日の方が多いかも」

ビールのプルタブを開けて、口にした。ビールの美味しさは私にはまだわからないが、辰巳は水みたいに呑んでいた。

「お酒って呑むと、簡単に幸せになれるやろ。ふわふわして」

私にとってそれは幸せには定義されないが、少しだけ気持ちよくなる感覚はわかる気がした。

「そうすると、ないと生きていけなくなる。なんでもそうや。人間って欲張りやな」

「やめなよ、依存症みたいだよ」

「やめられたら、やめとるもん」

拗ねるようにいうのはカモフラージュで、その奥には言葉くらいでは揺るがなそうな信念が見え隠れしていた。

「あん男とは寝た？」

目を覗き込むように、そう尋ねられる。寝たということが分からないほど子どもではなかった。でも、辰巳に押し倒された時から私は何一つ変わっていなかった。

「寝てないよ」

そう答えると、辰巳はゆっくりと私の頬に手を伸ばした。しかし、その手のひらは私の頬に触れることはなく、空を切って落ちる。

「それでいいよ、凪子ちゃんは」

満足そうに彼は笑った。何か懐かしいものを見ているように、そう笑う。

「俺んこと、引きずっている？」

「引きずって、いるのかな」

そういうと辰巳は「さあ」と私の質問を躱す。引きずっているんだろうなと思う。そもそも、引きずっていなかったら思い出したりしないし、覚えていない。

「あの時に、もしも、辰巳を受け入れていたらって思うこともある」

辰巳は笑うこともなく、なんでもないように口を開いた。

「変わらんよ、ヤってもヤらんくても」

「例えばさ」と、手に持っていたコーラをテーブルに置いてから話し始める。

「寝たら気持ちが変わる？　あんなんただの生殖行為やん。気持ちなんて関係ない」

バッサリとそう言い切った。それは中学生の頃と変わらない。

「凪子ちゃんは夢見ているけど、そんなもんよ」

ビールに口をつけてから、何かを考え、「でも」と口を開いた。

「それは俺にとっての答えで、凪子ちゃんにとってのものやない」

「それってみんな違うの？」

「さあ、他の人のことは知らん。でも、俺と凪子ちゃんはきっと違うよ」

そう話す姿はどこか寂しそうで、どこか諦めているようだった。

「辰巳は好き？」

「痛いとか、気持ちいいなとか、そういうのって生きているって感じするから好き」

遠くを見ているようで、近くを見ているのかもしれない。辰巳の目にはいつでも誰も映っていない気がしていた。それは昔から変わらず。もしかしたら、もっとちゃんと見ていたら、鏡みたいに私が映っていたのかもしれない。

「そうじゃないとふわふわしていて、俺はどこにいるかもわからない気がする」

辰巳は私の方をまっすぐに見つめた。それは珍しいことだった。手を伸ばせば触れられる距離にいるのに、私も彼も動かなかった。

「凪子ちゃん、勘違いしているよ」

「何を？」

「俺は凪子ちゃんの一人のものにはきっとなれない。それは凪子ちゃんもやろ？」

「私は辰巳みたいに浮気とかしないもん」

「凪子ちゃんは男なんかいらん。だから、男がいなくたって、俺なんかいなくたって生きていける」

なんのことを言っているのかいまいちよくわからなかった。ただ、辰巳が昔から決まっていることのように話すから、私はそれを遮ることができない。「俺は違うよ」と口を開く。その目には諦念の念が映る。

「一人は寂しい。俺がいなくても生きていける凪子ちゃんとは生きていけない」

そこで初めて、辰巳と自分の何が違うのか知った気がした。本当は一緒だった。違うようで同じだったから、私たちは一緒にいられなかったと知る。

「あの日、辰巳が転校した日に、私はやっぱり辰巳を受け入れなくてよかったたって思ったの」

「俺が、ふらりと居なくなるから？」

「そう、きっと今日じゃなくても、いつか何もなかったみたいに居なくなっちゃうんだろうなって思った。私はそれが怖かった」

「きっと、それは正解だよ。だって、俺はいなくなったやん」

「また会った」

「偶然だよ、運命なんかじゃない」

「知っているよ」

辰巳はヘラっと笑った。それから懇願するように「俺のこと選ばんでね」とつぶやいた。私は無視するみたいに机に突っ伏した。お酒にはそこまで弱くないはずだが、随分と眠い。私は、辰巳の方が向けなくてそのまま目を閉じた。

「凪子ちゃん」

その言葉で私の意識は少しずつ戻る。随分と寂しそうに名前を呼ぶから、私はすっかり目を開くタイミングを失ってしまった。気がつくと肩まで薄いタオルケットがかけられている。少しだけ煙草臭いそれは、あんまり落ち着かない。

「きっと、凪子ちゃんは大丈夫だよ」

独り言のような、うわ言のような声に私は反応しなかった。

「俺がいなくても、その子がいなくても、きっと平気だよ」

「凪子ちゃんは、多分、そうやってまた生きていくんだ」

まるで呪いだ。でも、きっとその通りになる。佳花のためなら、彼女があの男のために捨てた分くらいは捨てられた。そう思っているだけだ。ここいる私は捨てていない。今あるのはその事実だけ。中三のときに辰巳を拒んだ。傷つけてまで、自分の中の何かを守ろうとした。それはきっとすごく大切なものだったし、そんなに大切なものではなかった。そう、例えるなら小さい頃の着せ替え人形みたいな。私は多分、それを抱きしめて生きていく。私には男も、女もいらない。高いワンピースと、キラキラの爪とがあれば他にはいらない。そうやって、生きていく。私は薄っすらと目を開ける。辰巳は私の方を見て、口角を綺麗にあげた。なんで、笑ったのかわからなかった。でも、おぼろげな辰巳の姿をきっと、明日も、明後日も思い出すだろうなと思った。タチが悪い、出会わなきゃよかった。私は目を閉じる。呪いはきっと、まだ解けない。結局、終電を逃した私は、辰巳の家の硬い床で一晩を過ごした。


起きるとお母さんから「帰ってくるの」というメッセージが届いていた。それに今更何かを返すことはしなかった。自分のベッドで眠ればいいのに、なぜか辰巳も床で眠っていた。床で一晩を過ごしたので体のあちこちが痛い。彼はいまだに起きる気配がない。私はゆっくりと起き上がり、ベランダから外を見る。ビルとマンションと、いくつかの家に商業施設、駅も見える。知らない家と知らない街。なんだか自分自身まで知らない人みたいだ。

「起きたん?」

掠れた声が後ろから聞こえてくる。辰巳は床から上半身だけを起こして、私に声をかけてきた。

「終電前に起こしてくれればよかったのに」

「ぐっすり眠っていたから」

起こす気もなさそうだった。眠ってしまう私も悪いので、責める気にもなれない。中学時代に辰巳の家によく行っていたのを思い出す。

「なんで、辰巳まで床で寝ているの」

「なんでやろ」

そう言ってヘラリと笑った。いい加減で大雑把。でも、どこか憎めない笑い方は昔と変わらない。それを見ると、どうも毒気が抜かれてしまうのだ。

「なんかないの、お腹空いた」

「酒しかあらんなあ」

「身体壊すよ、そんなことばかりしてると」

彼は直す気もないくせに「気をつけないと」と同意をした。

「顔洗ってくる」

私はそう言って、洗面台を借りた。メイクが落ちているので、眉毛がほとんどない。幸薄そうな感じは否めないが、昨日しっかりとメイクを落としていたおかげですっぴんもそこまでひどくはない。髪の毛を手ぐしで溶かし、前髪を下ろせばなんとか外に出られるくらいにはなった。

「辰巳、マスクある？」

そう尋ねると、テーブルの下に入った棚をゴソゴソと漁る。出てきたのは黒い布マスクだった。

「それ、あげる」

「いいの、使い捨てじゃないのに」

「使わないもん、気にせんといて」

「気になるなら返しに来てくれてもええし」とそのマスクを渡す。

「家にいないでしょ、どうせ」

「いないときの方が多いかもなあ」

「じゃあ、返せない」

「まあ、それくらいで持っててええよ、ってこと」

私は自分のサイズよりは少しだけ大きいマスクを握った。黒いマスクなんて初めてする。なんか、夜のお店の人みたい。

「また来る口実、あってよかったやろ」

そうやって、辰巳はいたずらっぽく笑った。マスクが口実なんて、あんまりロマンチックではないが、ここで関係が切れないことにホッとしている自分もいた。

「捨てちゃうよ、きっと」

「それは凪子ちゃんが決めることやもん」

　試すような視線が刺さる。きっと縋ってしまうんだろうなと思った。昨晩の辰巳の言葉がぐるぐると頭の中で回った。朝日が眩しい。あまり眠ってない日の太陽は、自分自身をいやに汚く映し出す気がした。


　結局、平日の昼に佳花の家を訪れることにした。家を飛び出てしまったのも、冬樹さんと喧嘩したのも、今考えればあまりに幼稚だ。平日の昼を選んだのは、都合がよかったのもあるが、冬樹さんに会いたくなかったのも大きい。一人で行くのはどうも気が引けたが、先輩や辰巳のことを誘うのも違う気がして、一人で訪れた。佳花とはどうやっても、私自身が向き合わなくてはいけないのだ。彼女は私を部屋に入れて、珈琲を入れてくれた。パックのアイスコーヒーだが、それは趣味のいいグラスに入っていた。茶色がかったアンティークのガラスのコップは、いつか一緒に行った高円寺のカフェのものに似ていた。

「かわいいね、このグラス」

「凪子好きそうだなって思って」

　グラスをテーブルの上に置き、私の方をまっすぐに見つめた。

「冬樹くんが、なんか嫌なことしたりした？」

「していないよ、ごめんね。私が悪かった」

　自分でもずいぶんと大人になったなと思う。多分、一年前だったらこのまま関係がこじれている。おそらく、この前に辰巳の言葉が大きかった。私は、きっと、自分一人で生きていける。ただ、その前に確かめてみたかった。一人は寂しい。それは辰巳が持つ孤独とは種類が異なるかもしれないが、事実だった。

「佳花が大学を続けてたらって未だに思う」

　俯いて私の話を聞いているので、どんな表情なのかはわからない。

「あの頃よりも取れる授業も増えてさ、映画論とか一緒に受けたら面白そうだなって思う」

「でも、佳花はいないんだ」と話すと、彼女の指先が少しだけ震えた。

「私も続けていたらどうなっていたのかなとは思うよ」

「後悔しているの」

　少し黙ってから「言わないよ」と答えた。

「言ったって何かが変わるわけじゃない」

それは答えを言っているようなものだったが、頑なに口にしようとしないところがなんだか、少しだけ昔の彼女に会ったような気がした。

「何がそんなによかったの、あの人の。私には伊澄ちゃんの方がいい気がしたけど」

「伊澄ちゃんはお姉ちゃんだよ、恋愛はできない」

「違うよ、伊澄ちゃんを捨てるってわかっていて、あの人を選んだんでしょ」

「本当にそんなつもりはなかったんだよ」

「そんなつもりはないって、流石に信じられない」

「ほんの出来心だったの」と佳花は少し小さな声で話した。

「悪いことって楽しい。なんだか、臆病な自分を捨てられた気がするから」

それはなんとなくわかった気がする。私も、辰巳と一緒にいるときはそんな感じがする。いつもちょっとだけ大胆になれる。そして、身の丈に合わない背伸びをしてしまう。それと同じだったのだろうか。

「私だったら、姉と絶縁させてまで一緒になろうって言ってくれる人を信じられない」

「凪子は他人だからそう思うんだよ」


それは嫌味とかでなく、ただの事実だった。当事者だから見えることがある。逆に当事者だから見えないことがある。冷静になれなかったから、彼女は今ここにいる。

「あんまり思わなかったの、今までは。本当にバカみたいに、冬樹くんだけがいたらいいって思っていた」

「でも」と躊躇いがちに口を開く。

「子どもができて、それで色々考えるようになった」

一人の母の表情をしていた。少女だった出会った頃の彼女はそこにはもういない。

「幸せになりたいの」

「幸せ？」

「幸せだって言ってもらいたいの」

「冬樹くんにも、お腹の子にも」と、佳花はまだ薄い腹を愛おしそうに見つめた。

「私、お母さんになるんだ。伊澄ちゃんにも、お母さんにもお父さんにも祝福されないけど」

冬樹さんのことを選びさえしなければ、お腹の子はたくさんの祝福を浴びながら生まれてくるはずだった。優しく、穏やかな伊澄ちゃんは良いおばさんになっただろう。それは、自分で捨てた愛だった。

「それで気がついたの。とんでもないものを捨てちゃったって」

「だから私に連絡してきたの？　私なら、伊澄ちゃんほど傷ついていないから許してくれると思った？」

「怒っているの」

佳花は目を合わせずに、そう吐き捨てた。

「だって、凪子には関係ないじゃん」

「そんな都合のいい使い方されたら誰だって怒るよ」

私には関係ない。私は、きっと、冬樹さんではない人を選んでいても同じ反応をしていた。

「私、一番がよかった」

「一番？」

「佳花のこと、誰よりも好きだったから、佳花にも私のこと誰よりも好きでいて欲しかった」

「それだけだよ」という私の言葉に、佳花は戸惑っていた。なんて返したらいいのかがきっとわからない。たとえ、私が同じことを言われたとしても、お揃いの反応をした。別に反応が欲しかったわけではない。私は自分の心の中に、膿みたいに溜まっていたものを吐き出せて少しだけすっきりした。

「誰よりも好きって、私のこと好きって、なんでわかるの」

少しだけ遅れて帰ってきた言葉は、震えていた。

「冬樹くんは二人で幸せになろうっていう。でも、それって本当かな」

私は黙って見つめたが、目は合わない。ずっと、ガラスのカップの縁を見つめていた。

「私が運命の人だって言う。伊澄ちゃんにも同じことをきっと言っていた」

マタニティブルーというものだろうか。ひどく不安定な様子だった。不安定な時期に、遅れて伊澄ちゃんへの罪悪感が湧いてきているようにも思えた。

「凪子はなんでわかるの」

私はその言葉に何も返せなかった。だって、根拠なんてどこにもないから。

「運命って本当にあると思う？」

「私には、わからないよ。目には見えないから」

「私は信じたくなる。だって、地図も何もないところを歩くのが不安だから」

細い指先が震える。運命ってなんだろう。そんなもの、本当にあるのだろうか。目に見えない、不安定なそれは、本当に縋り付くに値するものなのだろうか。

帰る途中に珍しくハルちゃんから呼び出しがあり、私と桃香はいつもの居酒屋に集まった。だいたい桃香が招集をかけるので、こんなことは初めてだったかもしれない。そこには、目を腫らして笑うハルちゃんが居た。彼氏に浮気をされたそうだ。私たちは怒りたかったけど、できなかった。ハルちゃんがもう乗り越えたみたいな顔をしているから。

「許せちゃうと思うんだよ、私」

ハルちゃんはそう言って寂しそうに笑った。それが「許す」なのか「絆される」なのかは私には分からないが、許してしまう気がした。

「なんで浮気したの」

「わからないよ、ちょっと会えてなかったからかな」

「そんな、ハルちゃんが悪いなんてことないよ」

「そうなのかな。だって、二人のことでしょ。どっちかだけが悪いなんてあるのかな」

自信がなさそうだった。ハルちゃんは悪くない。でも、何をいっても届かないのはなんとなくわかった。優しい人ほど深く傷つく。もっと身勝手に生きられればいいのに。しかし、それができないから彼女は彼女らしく有ることができる。

「私さ、昔不倫してたことがあるの」

少しの沈黙を破ったのは、桃香の思いがけない告白だった。私たちの意外そうな表情に「もちろん、私は知らなかったよ」と付け足す。

「彼氏のスマホ覗いたら奥さんと子どもとのスリーショットがあって、聞いたら結婚してるってさ」

萎れたポテトをつまみながらなんでもないように話を続けた。聞いたことはなかったが、案外昔のことなのかもしれない。

「まだ二歳の娘だよ、一番可愛いでしょ。自分で言うのもなんだけど、そんな子どもに勝てるほどの女じゃないよ、私」

ハルちゃんは何を考えているのか、ずっと少し俯きながら話を聞いていた。

「そんな幸せ詰め込んだみたいに生きているのに、なんで不倫するんだろうって思ったの」

「答えは見つかったの」

答えたのはハルちゃんだった。「乾き」と短く一言で告げる。桃香はそれに頷いた。

「何をしていても、誰といても、埋まらない場所があって、そこを埋めるためにこういうことをしているのかなって」

「私はちょっとだけわかる気がした。すごいねって、綺麗だねって褒められるとなんだか居心地が悪い。私は本当はそんなに大したものじゃないのにって思う」

桃香はゆっくりとそう話した。長いまつ毛に小さな唇の整った顔が少し曇る。私が綺麗だと思っても、彼女が信じられないならきっとそこに意味はない。

「だから、目の前の幸せを疑い続ける。そうすると、ずっと幸せじゃないの」

「それってすごく寂しいよね」という声は、昔の男を哀れんでいるようでも、慈しんでいるようでもあった。

「悪いことだけどさ、やったことは。でも、可哀想って思っちゃったの」

「ハルもそうでしょ」と投げかけられ、彼女はゆっくりと頷いた。

「どれだけ愛されても。それが偽物だって思い続けているんだもん。一生気がつけない。何をしても、何をあげても。不感症なんだよ」

その言葉は、私自身にもとても響いた。胸の中を見透かされているようだった。

「もちろん、別れたよ。私の場合はバレたら慰謝料とか取られちゃうかもしれないし」

「よかった」

「浮気って、本当に悪いけれど、理屈だけじゃないのかなって思った」

「なんだか病気みたい」

「そうだよ、きっと病気。だけど、それを受け入れるかどうかはやっぱりハル次第なんだよ」

ハルちゃんはゆらゆらと揺れるコップの水を見ていた。「なんか虚しいね」と告げる声には疲れが見える。

「水をあげないで枯れちゃった花よりも、水をあげすぎて枯れた花の方が虚しい」

きっと、愛はコップ一杯の水みたいなものだ。注ぎすぎたら溢れちゃう。ハルちゃんが空っぽになってまで注いだそれは、彼氏の中には入らずに床に溢れる。一緒にいるのに埋まらない、一緒にいても寂しい。人間って、愛って、厄介だ。

「埋まるものなんてあるの、その隙間」

「ないよ」と桃香がきっぱりと言い切った。

「人は一人で生きて死んでいくでしょ。そういうことなんだよ」

彼女が言っているのは、元カレの話で、ハルちゃんの彼氏の話だが、私にはなんだか辰巳のことのように思えて仕方なかった。同時に自分のことのようにも思った。

「呑も。どうするかはもっと後で決めればいいよ」

そういって桃香はハルちゃんのグラスに、キャッチャーで机に置かれていたレモンサワーを注いだ。ハルちゃんは珍しく、勢いよくお酒を呑んだ。私はその間も顔には笑みを浮かべながら、頭の中ではぐるぐると考え込んでいた。ハルちゃんの愛は偽物だった？　きっとハルちゃんの愛は本物だった。彼氏の愛は偽物だった？　でも、彼氏の持っていたものが偽物だったら、ハルちゃんも偽物になってしまうのか。そんなことはない。誰と付き合うとか、そんなことは関係ない。ハルちゃんの彼氏と私は似ている。向き合うことを恐れて、別のどこかに本物があると思いこむ。本当は目の前にずっとあるものを見逃し続けている。私は欲張りだろうか。私は臆病だろうか。先輩から逃げて、辰巳と会うことは浮気だろうか。

会がお開きになったのは、二十三時過ぎのことだった。オールをしてもよかったが、ハルちゃんが朝からバイトが入っているので案外早い解散になった。こんなときくらい休めばいいと思うけれど、それをしないのがハルちゃんらしかった。私はスマホを開いた。メッセージアプリを開き先輩に連絡を取る。

「会えますか」

そのメッセージにはすぐに「どうしたの」という返信がきた。連絡がマメなのは、彼の性質だろうか、それとも私への愛だろうか。時計は二十三時半を指している。今から歩いて駅に向かえば終電には間に合う。私は、先輩の住む中野坂上まで行くことにした。

終電後ということもあり、夜にしては人が多い。私は駅の出口まで歩く間、妙に緊張しているのがわかった。思えば付き合って一年、ほとんど向き合ってこなかった。少しだけ、不貞腐れていた。佳花に捨てられた八つ当たりをしていた。本当はこの人じゃないって思えば、傷つかないはずだから。駅を出てすぐのコンビニにはもうすでに先輩がいた。ロンTにジャージの下だけ履いている姿は、いつもより少しだけだらしなく見える。

「すみません、夜遅くに」

「いいよ別に。それよりどうしたの」

先輩は心配そうに目尻を下げた。思っていたよりもずっと、私のことを考えてくれていたのかもしれない。

ただ、先輩のその感情も恋愛とはまた違う気がした。よくわからないけれど、熱っぽい目線がない。穏やかで、平坦。先輩はいつもそうだ。何を信じればいいのかいつもわからない。どこがいいのかとか、考えても堂々巡りだ。先輩が告白をしてきたとき、彼は長く付き合っていた女の先輩と別れたばかりだった。きっと、彼女という存在がいないのが落ち着かない人なのだろうと思った。それは、私にとっても都合がよかった。お互いに本当に欲しいものがないから、その場しのぎの関係は楽でいいかと思った。しかし、本人にそれを聞いたことはない。私がただそう思っているだけだ。付き合っているようで、付き合っていなかった。だって、相手のことを見てなんかいない。いつも、私は自己完結だ。

先輩の家は駅から五分くらい歩いたところにあった。中野坂上に住んでいることは知っていたが来たのは初めてだった。ベッドがあって机があって、辰巳の部屋よりも生活感のある部屋だった。

「なんか食べる?」

「別に、お腹は空いていないので。さっきまで幼馴染と呑んでたんです」

彼はコップにウーロン茶を注いで出してくれた。透明な、ガラスみたいなプラスチックのコップ。佳花の家のガラスのグラスとも、辰巳の家のチューハイの缶とも違う。当たり前だが、この人もこの人で、一人の人間なんだと今更気がついた気がした。

「本当にどうしたの、なんか嫌なことあった?」

私から寄り添ったからか、先輩はいつもよりも饒舌な気がした。

「幼馴染が彼氏に浮気されたんです。それを聞いていたから」

「不安になっちゃったの」

その考えはかなり的外れだった。いつもの私だったら適当にごまかしただろうが、思っていたよりもアルコールが回っていたのか、今日は私もいつもより饒舌だった。

「いえ、別にいいんです。先輩が浮気していても」

先輩は不思議そうな顔をしていた。何を返せばいいか探っているようでもあった。

「私はあなたを縛れるほど、彼女らしいことはしていませんし」

「気にしてたの」

「まあ、多少は」

多少は気にしていたというのは少しだけ盛った。正確にはさっき、急に思い立っただけだ。でも、私の答えに先輩は少しだけ気持ちよさそうにした。
「向き合おうと、思いまして。もっと、ちゃんと」
関係は思っていたよりも簡単に進んだ。向き合う、向き合わない、向き合えない。長い間悩んでいたが、そんなことは必要なかった。ただ、目を閉じて、手を握ればいい。人は三秒見つめ合うと恋に落ちるらしい。ネットニュースで読んだから信憑性は微妙だけれど。でも、それが本当だとしたら、随分虚しい。恋なんて、愛なんて、運命なんて、まやかしじゃないか。それなのに、馬鹿みたいに信じていた私は愚かだ。だから、この人は私と付き合っているのかもしれない。恋愛なんて、結局はそんな程度でいいのだ。唇が、腕が、肌が、重なる。初めて見た先輩の裸は、辰巳よりもお腹が出ていて、臍の下と脇に生えた毛が気持ち悪かった。その気持ち悪さが妙に生々しかった。

頭の痛みで目が覚める。アルコールがほんの少しだけ残っている感じがする。先輩の部屋には誰もいる気配がなかった。もう、仕事に行ったのだろう。私は裸のままベッドを降りた。そして「仕事に行きます」と書かれたメモと隣の鍵を見つめる。机の上の惣菜パンの袋を開けた。鍵は持っていろということなのだろうか。ベッドに座って、窓の外を眺めながら、焼きそばパンにかじりつく。逆側から溢れた麺が白いベッドの上に落ちる。拾ってもそこには茶色くソースの染みが残る。それが無性に許せなくて、何度も擦ったが消えなかった。辰巳が言っていたように、何も変わらなかった。景色が変わるわけでもなければ、考え方が変わるわけでもない。ただ、ぽっかりと自分の中で何かが崩れた気がした。少しだけ部屋に残るムスクの香りが気に入らなくて、私は焼きそばパンを食べた後すぐに服を着て部屋を出た。キーホルダーも何も付いていない新しい鍵は、鍵を閉めてすぐに郵便受けに入れた。ドア越しにカツンと鍵が落ちる音がした。先輩の部屋を出たその足で、駅前にあったドラッグストアに入る。歯磨きセットとピアッサーだけ買って、紙袋に入れてもらった。私は小さなバッグの中を覗く。そこには以前借りた黒いマスクが折りたたまれて入っていた。どこに行くかはもう決まっていた。

チャイムを押したのは賭け。辰巳がいないのはわかっていたが、それでもよかった。少し緊張しながらボタンを押すと、間延びした「はあい」という声が聞こえてきた。

「凪子です。今大丈夫？」

「ええよ」

辰巳の声で玄関の自動ドアが開く。私は歩きながら黒いマスクを鞄の中に閉まった。四階まで行くと辰巳が扉を開けて待っていた。

「どうしたん？　珍しいやん」

「ピアス開けて」

私は近所のドラッグストアの紙袋に入ったままのピアッサーを、辰巳の目の前に突き出した。辰巳は目を丸くして「急にどうしたん？」と尋ねてきた。

「ピアス、開けたくて」

「まあ、ええけど」

そう言って、納得をしてなさそうに部屋に通してくれた。

「洗面台借りてもいい」

いつもの調子で「おう」と適当に返事をする。私は洗面台の前に立って、歯ブラシセットを取り出した。歯磨き粉のミントの味が口に広がって、初めて落ち着いた気がする。キスもセックスも会話も、内面に他人が入り込んでくるのはあまり好きじゃない。二十一年間過ごしてきて、初めて知った。鏡に映る私はこの前来たときと何一つ変わらない。メイクはしていないし、幸薄そうなのもそのまま。がっかりするほど、私は私のままだ。それでも、何かが足りないような気がしていた。歯ブラシを洗面台に置かせてもらって、部屋に入った。

「えらい急やな」

「辰巳の見てて、ずっと憧れてた」

辰巳は中学生の頃からピアスを開けていた。生活指導の先生にはしょっちゅう怒られていたが、なんだかんだで転校するまでつけていたような気がする。

「話さへんかったっけ、ピアス開けたときの話」

「聞いたよ、安全ピンで開けて血まみれ」

愉快そうに目を細めながら「勇気あるなあ」と笑った。

「まあ任せとき、こっち来る前は友達のピアス全部俺が開けたからな」

ひどく優しい顔で私を見つめる。まるで何もかも見透かしているように、そう笑っていた。辰巳は冷蔵庫から冷えたビールの缶を二本持ってくる。

「昼から呑むの」

「呑まんよ、冷やしとき」

私は受け取ったビール缶で耳たぶを冷やしていた。

「アイスとか、保冷剤とかあったらもっと良かったんやけど」

「もう一本はどうするの」

「呑む?」と辰巳はビールを差し出す。

「苦いからいらないよ」

「痛くて、怖いやろ、ピアス」

「そんなことない」

「顔に書いとく」

そう言われれば否定することも馬鹿馬鹿しい気がした。実際恐怖心がないわけでもないから仕方ない。

「怖いもんと向き合わんでええよ。酔って、そっぽ向いてなよ」

いつも逃げ道を用意してくれる。私が嫌だって、怖いって言ったら逃げられるように。それは辰巳の優しさでもあったし、臆病さでもあった。

「痛いって、思いたいからいらない」

「そういうの趣味なん。知らんかった」

私が軽く肩を殴る。辰巳はビクともしないけれど、わざとらしく痛がって見せた。

「処女捨てたら、ピアス開けようと思っていたの」

私はまだ耳に冷えたビール缶を押し付けながらそう話した。辰巳は思っていたよりもあっけらかんと笑った。

「彼氏に開けてもらったらよかったやん。なんで俺んとこ来たの」

「なんでだろう」

私にもわからなかった。ただ、私が私らしくあったことを知っている人のところに行きたかったのかもしれない。やっぱり答えは見つからない。もしかしたら、傷つけられたかったのかもしれない。他の人には動かない心が動く。辰巳は何も残してくれない。幸せは悲しみに負けてしまう。最後に残るのは傷だけだ。

「なんか変わった?」

試すように、甘やかすように、真意のわからない表情で私に質問を投げかけた。私は首を横に振る。「馬鹿やなあ」と、小さい子を宥めるようにそう呟いた。

バンと耳元で大きな音が鳴る。肩がビクリと震え呆気に取られている間にもう片耳でも大きな音がした。遅れてジンジンと響くような痛みがやってきた。あっというまに私の耳には、黒い偽物の石のピアスがついた。なんだか心臓がバクバクと言っている。正直昨日のことは記憶が曖昧だ。今残った喪失感は、この耳に開いた穴のせいな気すらする。

「辰巳は自分が誰だかわからなくなるときってある？」

「一人のときは毎晩」

「今やっと、言っていたことがわかった気がする」

足元がぐらついた気がする。自分の中に人が入ってくるのは気持ち悪い。それは大人になるための通過儀礼のような気がした。

「わからんよ、凪子ちゃんにはずっと」

私が歩み寄ろうとしても、辰巳はやんわりと押し返す。倒れも、転びもしないけれど、確かに押し返されたと分かるくらいの強さで。

「やっぱり、昔よりは分かる気がする」

白い太ももに、涙が落ちる。自分でもなんで泣いているのかがわからない。本当は先輩の家にいるときから泣いてしまいたかった。やっと涙の理由を得て、止まることなく涙が流れ続ける。止め方もわからなくて、私はただ太ももを見つめていた。辰巳は、何も言わずに、肩にすら触れることもなく、それをじぃっと見ていた。

「凪子ちゃんは生き方を変えたい？」

「信じられるものがあるなら信じたい」

もしかしたら、私は一人で生きていくのかもしれないけれど、まだそれを信じたくはない。

「俺は変えられん、今さら」

「まだ二十年ちょっとだよ」

「もう、二十年ちょっとだよ」

辰巳は少しだけ他の同級生に比べても早熟だったからそう思うのかもしれない。

「凪子ちゃんは依存症っていっとったけど、きっとそやなあ」

しみじみと、自分自身に言い聞かせるようにそう語った。

「辞めたいよ、一人で強く生きたい」

そう言ってからすぐに、また口を開いた。私には何も言わせないように。

「せやけどな、どうしても寂しいんよ」

桃香が言っていた、埋めようとしても埋まらないもの。それが気になる人もいるし、気にならない人もいる。私はなんだかんだで、口に出しているほどは気になっていないんだと思う。辰巳は違う。旅人みたいだ。終わりのない埋まらないものを探して放浪を続ける。終わりのない旅。だって、外で落としたものでなければ誰かが持っているはずはない。ずっと、ずっと、自分の中にある。そんなことはとっくに知っているけれど、認めようとしない。自分の中にある空虚を認めて生きてくのは辛いから。

「俺は、このまま生きてくんやろな」

それは諦めのような、決意のようなものだった。昔から変わらない。飄々と流されて生きているように見えながら、その芯は人の言葉なんかじゃ動かない。

「私よりもよっぽど頑固だよ」

辰巳は笑った。全部認めているみたいに笑った。

「彼氏と仲良くできそうなん?」

唐突にそう尋ねてきた。それは変わると言った私のことを試しているようでもあった。

「私は欲張りかな」

目を覗き込んで、「どうして」と目で訴えかけてきた。

「彼氏は誠実で、いい人なのに向き合えないのは、悪いことかな」

彼は何も答えないけれど、目は口よりものをいう。辰巳は私の言葉よりも深い部分を見ている気がした。

「これは浮気になる?」

「凪子ちゃんはどう思う?」

「わからない」

仕方ないなという表情をして、「ならんよ」と答えた。それから、キュッと唇を結んで、そう言って欲しかったんでしょと言わんばかりの皮肉っぽい笑顔を見せた。

「俺らは友達やもん。たとえ男と二人きりで家で会っても、なんもおかしくなんてあらへんよ」

それは私が欲しかった答えだ。誰かに、違うよ、私は悪くないよって言って欲しかった。それで彼が直接被害を受けるわけではない。先輩は辰巳に直接危害を加えることはしないだろう。でも、私はずっとそうやって生きていくのか。心の中でうまくいかないこと、逃げたいことを人のせいにして、生きていくのか。

「友達ってどこまで友達なの」

「友達って名前がついていれば、どこまでも」

「曖昧だね」

「俺は好き、曖昧な方が」

「凪子ちゃんもそうやろ」とこっちを見た。認めなければ傷つかない。好きじゃなかった、恋じゃなかった、本気じゃなかった、だから大丈夫。そう思うことで、矮小な自分を守り続けた。守るような大したものでもなかったかもしれないけれど、私は臆病な自身を真綿に包んでここまで生きてきた。変わりたいなんてほざいたが、別に変わったわけじゃない。明日から、いきなり破天荒な性格になるわけでもない。映画のようにはいかない。本当の変化は、もっと、ずっと、ゆったりとしたものだ。

「きっと、変わっているんだよ。私も、辰巳も」

私は辰巳の手をとって、それを自分の頬に当てた。辰巳は私の目を見てはくれず、自分の指先を見つめていた。大人になったなと思う。いつか触れた辰巳の手よりも、固くて、厚い。最後に会ってからもう五年以上経っている。それなのに、私は中学生の頃の彼を、辰巳は中学生の頃の私を見つめている。触れた肌の体温だけが、嘘偽りなく今を表している。

次の日、私は佳花の家に行くことにした。佳花の家に来るのは今月だけで三回めだ。アポなしで来るのは初めて。側から見たら意味のないことかもしれないけれど、もう一度向き合おうと思った。よくよく考えると、疑ってばかりの私が手放しに信じられた人だ。ここまで逃げたら、私は本当にどこにも行けなくなってしまうように思った。私の考えじゃなくて、佳花の言葉が私には必要だった。

「ごめん、いま大丈夫?」

佳花はいつもよりもぼさっとしてた。昔と変わらないライブTとハーフパンツの組み合わせはなんだか懐かしかった。

「なんか忘れ物してた?」

「してないよ、佳花と話したいなって思って」

前回と同じグラスに、今日は麦茶を入れてくれた。私は、それを一口飲むと「落ち着いた?」と尋ねる。

「だいぶ、不安定そうに見えたから」

「情けないよね。自分の感情ひとつすらままならない」

昔の佳花ならそのままならなさを楽しめた。だから、姉の婚約者と不倫なんてできるのだ。でも、今の彼女は違う。逆境を楽しむには、あまりに抱えるものが多すぎる。

「私だって、生理とかくるとままならないよ」

「そういうことじゃないって知っているでしょ」

「だって、マタニティブルーってなったことないもん」

「そうだよね」と、同じように麦茶が注がれたグラスに口をつける。

「あのさ、前に言っていた話だけど」

「どの話？」

「愛されないって、伊澄ちゃんやお母さんとかお父さんに」

グラスを置いて真面目な顔をして話を聞いていた。

「私が代わりに愛してあげようか」

彼女は予想外の返答に目を丸くした。

「怒ってたんじゃないの」

「怒ってたけど、別に佳花が思っているようなことじゃない」

「どういうこと」

「拗ねているだけ。佳花がひとりで大人になるから」

私はゆっくりと自分の指先に目線を向けた。

「別にいいんだよ、不倫とか、略奪とかそういうのは別に」

サファイアのリングは未だに、偽物か本物かもわからない色で光っている。

「これ、あげるよ」

「お母さんのじゃないの」

「貰ったものだし」

「でも、」と佳花はまた歯切れの悪い返答をする。

「変わりはしないよ、佳花は」


そんな簡単に人は変わらない。子どもを産んだって、佳花が死ぬわけでもない。そう思ったのはつい昨日のことだった。

「子供を産んでも、環境が変わっても、ずっと佳花のままだよ」

平日の昼、大きな窓からは太陽が差し込む。ちょうど先輩の家と同じ位置にある窓から、全く違う光りが入る。

「キラキラの爪、もうできないならキラキラの指輪してよ」

私は佳花の指に、そっとリングを嵌めた。細い指に、遠慮がちに光るサファイアがよく似合った。

「エンゲージリング。佳花の幸せを、祈っている」

「これが、私の本物だよ」という言葉は私の自己満足でしかない。佳花はその言葉の意味がわかっていないようだったが、それでも照れ臭そうに笑った。愛だけじゃない、憎しみだけじゃない。一言じゃ何も言えない。でも、それできっといい。幸せになって、笑っていてほしいと思う。反対に、自分の選択を後悔して不幸せでいてほしいとも思う。それはただ、泣いている佳花が見たいわけではなく、その後で私を幸せの象徴にしてほしいのだ。私といた日々が一等幸せだったと思い出してほしいのだ。

「凪子が男だったらよかった」

涙声が、耳に届く。

「私もそう思うよ」

でも、私は女で、佳花も女だ。それは変わらない。だから、今の私たちの形がある。どっちかが男だったら関係性は変わったかもしれない。今はこれが最善だと思える。それでいい。それくらいがちょうどいい。

それから、佳花と家で映画を見た。明るい部屋にはそぐわない「恐怖奇形人間」は出会った頃に比べて何も感じなかった。それは、佳花も同じようだ。身を焦がすほど好きだった映画も、表現も、なんだか今の私にはあまり響かなくて、その分大人になったのだと実感する。映画を一本見て、コーヒーを一杯飲んで、冬樹さんが帰ってくる前に家を出た。

「やっぱり、さっきの指輪あげなくてもいい?」

「え、ああ、いいけど」

指輪を外そうとする佳花の手を私は握った。

「置いていってもいい」

「うん」

「そしたら、また来れるから」

「まだ、口実が欲しいの」

「口実がないと来れないときも、あるでしょ」

「ちょっと、待ってて」と佳花は部屋の中に戻っていった。私は玄関に置いてあるフォトフレームを手にする。佳花と冬樹さんが笑いあっている姿は今も見ていて楽しいものではないが、信じてもいいかなと思えるくらいにはいい笑顔だった。慌ただしく戻ってきた佳花は何かを握っているようだった。

「指出して」

私は素直に自分の手を出した。そこに、お菓子のおまけについてくるおもちゃの指輪をはめた。真ん中にはいかにも偽物ですというような、宝石みたいなパーツがついてる。

「何これ」

「はい、口実をあげる」

出会ったときのような大胆さで笑った。それでもやっぱり、昔とは違った。いっときの感情に振り回されてしまうのは、もったいない。そう思えるほどにはまだ好きで、それは紛れもない事実だった。佳花は笑った。私もきっと、同じように笑っていた。

地元の駅までつくと、不在着信が入っている。つい五分ほど前のもので、ホームで人ごみに揉まれている間にかかってきたのだろう。その着信は辰巳からのものだ。私は、イヤホンを耳にさしたまま、電話をかけ直す。三コールほど待って、電話に出た。

「どうしたの、珍しい」

「なんか声聞きたくなって」

いつもより少しだけ声が固い。なんとなく、嘘をついているんだろうなってわかる。

「嘘でしょ、なに言いたいの」

「そんなに大したことじゃないんやけど」

「だったら、なおさら言いなよ」

私の声に辰巳は少し黙ってから「あのな」と続けた。

「凪子ちゃん、そのままでおってね」

電話越しの辰巳の声はくぐもって聞こえる。

「何、酔ってるの」

「酔ってへんよ」

言いたいこと、本当のこと、目を見て口にしないのが辰巳らしい。

「凪子ちゃんは変わっていってしまうかもしれへんけど、きっと変わらへんよ」

「俺の初恋」と消えそうな声で口にした。電話越しに聞こえる風の音がやけにうるさい。辰巳も私にとっての本物だったのだろうか。きっと、そうだった。認めてしまわなければ、終わりは来ない。辰巳は、私への感情に名前をつけた。

「私も好きだったよ」

電話越しで辰巳が愉快そうに笑う。

「俺ら、両想いやったんやね」

私も、彼も、過去形を使う。一つ、感情が思い出になる。長い、恋が終わった。もうきっと会うことはないだろう。でも、ふと駅で会ったりしそうな気がする。ここからやっと動き出すのだ。堂々巡りで進まなかった私の思考が、今久々に前に進んだ気がした。街灯のオレンジ色の光に当てられて、佳花がくれた偽物の宝石が、まるで本物みたいに輝いた。少しだけ冷たい、しかし熱気を含んだ風が頬に当たる。もうすぐ、新しい季節が来る。

評論

—Es kommt—

西内玲とフォルカー・レニッケの残照

土野研治

西内玲先生

　秋が深まってきました。ご体調はいかがですか。今夏の暑さや疲れが出たのでしょう。昨日松山の講演から戻りました。台風が心配でしたが、日曜日の朝、発ちました。二時間の講演で、夜と月曜日はゆっくりと出来ました。初めての松山城は天候もよく、眺めが素晴らしかったです。道後温泉に泊まりました。ホテルで可愛いぬいぐるみがありましたので送ります。冬の服です。同封の木片は、木彫りの店で頂いたものですが、香りが良いのでビニールに穴を開けて下さい。

　十一月九日（土）がファカルティ・コンサートです。録画しますので、お聴かせ出来ればと思います。レニッケ先生にもよろしくお伝えください。

平成二十五年十月二十九日

平成二十五年十月三十日に玲先生の弟さんから電話を戴いた。「訃報です。姉、だめでした」「そうですか……」後の言葉が出なかった。亡くなられたのは十月二十九日の昼ごろだったという。奇しくも手紙は先生が亡くなられた日に書いたものとなり、郵便局で投函する前の連絡であった。今もぬいぐるみは先生の写真の横にある。西内玲はスイスのルツェルン市立歌劇場の専属歌手として活躍したメゾソプラノ歌手である。昭和五十六年にスイスから帰国されて以来、三十年にわたりレッスンを受けたことは私の音楽的な支えとなっている。

歌声に触れる

　私が始めて西内玲の歌声を聴いたのは、昭和四十六年六月赤坂の都市センターホールでのリサイタルであった。前年の十二月から国立音楽大学教授の西内静先生にレッスンを受け、昭和四十六年四月に国立音楽大学付属高校に入学した。リサイタルは前から四列目の中央の席で歌声に聴き入った。ブルーのドレスを纏われ優雅にステージに登場された。前半はイタリア古典歌曲から始まり、ブラームス、後半はマーラーとファリャ「スペインの七つの民謡」のプログラムで、ピアノ伴奏は小林道夫であった。この年はＮＨＫＦＭの午後のリサイタルにも出演し、ブラームス、マーラー、ファリャの歌曲を赤堀春夫のピアノ伴奏で歌っている。オペラでは藤原歌劇団の「蝶々夫人」のスズキを演じている。国内外で西内玲の最も活躍した時代ではなかっただろうか。

　西内玲は西内静の長女として一九三五年に東京で生

まれた。西内静は東京高等音楽院（現在の国立音楽大学）の創始者である武岡鶴代に師事し、アルトの声質を持つ将来を嘱望された声楽家であった。武岡鶴代は大正六年に東京音楽学校を優秀な成績で卒業し、天皇陛下・皇后陛下の「御前演奏会」でも演奏している。大正十五年に東京高等音楽院創設に参画し、昭和四年には文部省在外研究員としてドイツに留学し、ベルリンでテレーゼ・シュナーベル女史に師事している。ヨーロッパでも研鑽を積み、ヨーロッパで培われた発声技術とドイツ語によって東京高等音楽院では多くの優秀な声楽家を育てた。レッスンの厳しさは語り草にもなっているが、武岡が自宅で使っていたスタンウェイのピアノは西内静、西内玲へと引き継がれた。西内静は母校で多くの門下生を育てた。武岡の発声法を継承し、喉に力を入れた声、押し出すような声を嫌い、柔らかく響きのある声で歌うことを何よりも大切にした。国立音楽大学には、声楽専攻の優秀な学生に武岡賞と矢田部賞を顕彰している。

ウィーン留学からルツェルン市立歌劇場専属歌手へ

西内玲は国立音楽大学卒業後の一九六二年から一九六五年までウィーン音楽院に留学している。同時期にはピアノの田中希代子や声楽の荘智世恵、砂川稔などがいる。当時のウィーンの様子は畑中良輔著『演奏家的演奏論』（白水社　一九七五年）の「ウィーン日記抄—さまざまの音楽家たち」で読むことが出来る。ウィーン国立歌劇場はオペラの全盛時代ともいえるキャスティングで、指揮者のヘルベルト・フォン・カラヤン、カール・ベーム、歌手のエリザベート・シュヴァルツコップ、セーナ・ユリナッチ、アンネリーゼ・ローテンベルガーなど豪華メンバーが揃い、リヒャルト・シュトラウスの「薔薇の騎士」や「カプリッチョ」が演目となっている。ディートリッヒ・フィッシャー・ディースカウ、ヘルマン・プライ、フリッツ・ヴンダーリッヒ、ビルギット・ニルソンなど綺羅星のごとき名歌手も登場している。名前を挙げた歌手たちは全て鬼籍に入っている。しかしその名唱はマスターコースを通して若き歌手たちへと伝えられ、YouTubeでも名教師ぶりを見ることができる。畑中の文章も四十代の瑞々しさで、まるで自分がウィーンで音楽を聴いているようである。全盛期のオペラを数多く聴いたことが西内玲の音楽的土壌となっている。ウィーン音楽院卒業後、一九六五年九月からルツェルン市立歌劇場との専属契約を結んだ。その期間は七年間に及んだ。ドイツの歌劇場からも専属の話があったが、父親から「そんなに寒い所へ行くことはない」と反対されたことを聞いている。一九六〇年代に日本人がヨーロッパの歌劇場の専属歌手になることは、声や容姿などから非常に難しい時代であった。当時はバリトンの大橋国一がグラーツ歌劇場の専属歌手として活躍している。専属歌手は、昼間は来シーズンで上演されるオペラの練習と夜の本番を繰り返すことのできる体力と勤勉さ、何より正しい発声法と演技力とが要求される。西内玲はルツェルン市立歌劇場専属歌手として歌劇場の主要レパートリーのメゾソプラノ役をほとんど歌っている。主なものは「蝶々夫人」スズキ、「セビリヤの理髪師」ロジーナ、「コジ・ファン・トゥッテ」ドラベラ、「フィガロの結婚」ケルビーノ、「椿姫」フローラ、「こうもり」オルロフスキーなどを演じた。その間一九七〇年と一九七一年にはナポリのサン・カルロ劇場に客演し「サロメ」のページ、「ラインの黄金」のフロースヒルデを演じた。一九七三年にはシシリー島パレルモのマッシーモ劇場の「エレクトラ」に出演している。また宗教曲や歌曲のコンサート、レコーディングなど演奏の幅を広げていく。西内玲はやがて夫となるフォルカー・レニッケとサン・カルロ劇場で出会っている。

西内玲は生まれ持った声をウィーン留学と歌劇場での経験を通して磨き上げた。潤いと響きのある美しい声とドイツ語によって言葉が自然に耳から心へと響いてくる。日本語の訳詞上演のオペラでも日本語の発音が明瞭であり、その表現力は長年ヨーロッパで培われたスケールの大きさを持っている。

一九七六年にフォルカー・レニッケとともに帰国し、津山の作陽音楽大学や熊本の平成音楽大学で教授として後進の指導を行った。奇しくも津山は恩師武岡鶴代の故郷でもある。

フォルカー・レニッケ (Volker Renicke) ～オペラ指揮者として～

フォルカー・レニッケは、ブレーメンで生まれ一九五〇年にデトモルト音楽大学に入学し指揮とピアノを学んでいる。指揮はクルト・トーマス、ピアノはハンス・リヒター・ハーザーに師事し、一九五四年にはシエナ国際指揮者コンクールに入賞している。レニッケは学生時代からオペラ劇場のコレペティとしてキャリアを積んでいった。指揮の学び方は様々だが、オペラが日常の楽しみであるヨーロッパでは、指揮者へのシステムとしてオペラ劇場のコレペティから出発する。コレペティは歌手たちのコーチとしてピアノを弾きながら歌い方やアンサンブルを整え、同時に劇場の組織や機構を身に着けていく。オペラの内容を熟知し、時間をかけて歌手の歌唱を音楽的に仕上げていく。歌手は響き合う声、劇場の響きをうまく利用していかに〈響き合うか〉を身に着けていく。よく通る声、響きのある声が育まれ、それがピッチの正しさとなり歌唱の基盤になっていく。西内玲とフォルカー・レニッケと親交のあったクラウス・オッカーは、愛知県立芸術大学や大阪音楽大学などで教鞭をとったが、日本の声楽教育に対して声の成熟とレパートリーについて苦言を呈している。声の成熟に見合ったレパートリーを教えること。声帯に対して負担のかかる曲を歌い続けると、声帯を痛め歌手の寿命を縮めることになる。じっくりと声を育てることが重要である。韓国を代表するソプラノ歌手のスミ・ジョーは、バッハのロ短調ミサの練習の折に、カラヤンからオペラのレパートリーについてアドヴァイスを受けている。素晴らしい素材を持っているのに急いではいけない。声を浪費されるだけであることを諭している。この光景はYouTubeにアップされている。カラヤンはスミ・ジョーに「いつかあなたは私のために歌う」とも語っている。歌手は声や身体のトラブルを常に背負うことになるが、そのための代役としてどれ程の若き歌手がチャンスを狙っていること か。少しでも早く世に出たい歌手たちは自分の声と合わないレパートリーも歌わざるを得ない状況になる。その代償はそう遅くない時期に声の揺れとピッチの不確かさに現れる。現実とその先をどのように折り合いをつけていくか、それは名声と生活、歌える年月など非常に難しい問題を孕んでいる。

レニッケは一九五四年以降、デトモルト劇場、ミュンスター市立劇場、チューリヒ歌劇場、チューリッヒ国際オペラスタジオで指揮者兼指導者として活躍した。一九七一年よりバーゼル市立歌劇場の指揮者となり、ヨーロッパ各地の歌劇場で客演指揮者としても活躍した。バーゼルでは古楽器アンサンブルも結成している。ヨーロッパの伝統的なオペラ指揮者として、一九七六年九月に九州交響楽団の常任指揮者として来日した。博多に居を構え国内の多くのオーケストラと共演し、レコーディングや放送も精力的に行った。また国立音楽大学や作陽音楽大学、平成音楽大学などのオーケストラやオペラの育成にも貢献した。国立音楽大学ではモーツァルトの

「イドメネオ」を指揮し、演出はドイツからミヒャエル・ハンペを招いて上演されＮＨＫでも放送された。日本に留まらずザルツブルクでのモーツァルトのレクイエム、ドレスデンの音楽祭での古楽器による演奏会にも招待されている。レパートリーは多岐にわたるが、特にモーツァルトのオペラにおいて本領が発揮された。

Es kommt－西内玲のレッスンから－

私が中学からレッスンを受けていた西内静教授は、国立音楽大学名誉教授、名誉理事として晩年を過ごされたが、西内玲の帰国後は「玲に発声を見てもらうと良い」と言われ、私も求めてレッスンを受けた。当時のレッスンは録音してある。西内静は門下生のために「静声会」を主宰している。私は毎年演奏の機会を戴いた。それは武岡鶴代が「鶴声会」を主宰したのを継承したものだろう。一九八八年には西内玲とブラームスの「アルトとバリトンのための二重唱」全四曲を演奏した。会場は旧第一生命ホールであった。

西内玲は身体の使い方、呼吸法と発声を具体的に指導できる貴重な声楽教師でもあった。夏には毎年ヨーロッパを訪れ、留学時代に聴いていたユリナッチのマスターコースにも参加している。特にエディット・グルベローヴァの先生でもあるベッシュにも大きな影響を受けている。そのことは西内自身のレッスンにも反映された。発音のタイミングと身体の使い方や表現方法などは、ある程度経験を積まないとわからないと言われているが、それは受け取る側の感受力と理解力にもよるだろう。

声楽のレッスンはピアノやヴァイオリンなどの器楽と異なり、自分の楽器（声帯）を見られないことや、自分の声を客観的に聴くことが難しいため、言語化することが難しく、発声法や歌唱法の指導は困難さが付き纏う。初学者は口の開け方や声の出し方を何より基礎教育として指導されるが、その基盤となるのが呼吸法である。呼吸法は声楽の基礎ばかりでなく、近年は精神的な安定に活用されている。多くの歌手や俳優の声の治療を行った米山文明は、声の故障は呼吸から改善する必要性を述べている。呼吸法教師（ヨーロッパでは民間資格である）であるマリア・ヘラー・ツァンゲンファイントを招き、二十名までと人数を制限して呼吸法ワークショップを開催した。私も何度か参加したが、身体と呼吸、特に重力との抵抗感、他者との触れ合いのワークなど、興味深い内容であった。『Kopf bis Stimme von Fuss』（Studien

Verlag　二〇〇七年）が出版されている。米山は『声の呼吸法-美しい響きを作る-』（平凡社　二〇〇三年）で内容を紹介している。

正しい発声が出来ていればそれが全て表現となる。音楽で大切なことはハーモニーの動きを意識すること、ハーモニーを考えていればピッチが正しくなる、エルンスト・ヘフリガーはレッスンで語っていた。スイス出身のヘフリガーはベルリン歌劇場の第一テノールとして活躍し、同時に歌曲や宗教曲でも素晴らしい歌唱を残している。日本には草津国際音楽アカデミーで長年にわたり講師を務めた。私も初年度から数年間レッスンを受けることが出来た。スイスでは西内玲と共演している。「あの日本人なら大丈夫だ」と言われた。

西内玲のレッスンでは、大きな声を出すことは要求されない。自分の声を聴くことによって息の流れが止まるため、自分の身体へ意識を向けること、声を出しながら身体を緩ませること、など毎回強調された。唇の先、上唇を意識すること、舌の緩め方、など時間をかけて指導された。毎夏のヨーロッパでの新しい方法も取り入れながらレッスンは進められた。特にレガートはスタッカートから始まること、アウフタクトでの準備など具体的な指導が多かった。

ご自宅へ伺えないときは電話でのレッスンとなった。電話に向かってドイツ語の歌詞を読み伴奏をつけずに歌うレッスンだったが、「口が歪んでいる」「言葉のタイミングが遅い」「息が先に行っていない」など、電話の声だけで私の歌い方、身体の使い方が見えているようだった。手紙にはいつも声の出し方への注意が添えられていた。「口ビル（ママ）、上あご、舌の使い方で発音をきれいに、ろうそく消しの息使いでことばを音のラインに乗せる仕事、やはり練習です。いつでも電話して下さい。電話は耳だけなのでいい練習になりますヨ」「私の方は二晩続けて、ピアニスト、スコダとカツァリスを聴きました。本モノの音楽を久しぶりに身に感じ、やたらと元気を与えられた様な気がします。やはり二人の共通点はひびきとレガートでした。貴方も時間のある電車の中で詩をしっかり自分から言える様に、それをもう作られている音の上に乗せる仕事をすればいいのですから……。詩の言葉からしか色は出せません。詩が心から表現できる事を今回はとことん迄やってみてください」

音楽は既にあるのだから、その素晴らしい音楽を貴方の息で動かしなさい。自分が歌おうなんてとんでもないこと。「Ich singe」ではない「Es kommt」、大切なもの（音楽）には触れないこと。身体の準備が出来ていれば音楽は動いてくれる。音楽を自分に引き込まないこと。音楽と距離を考えることを何度も言葉にされた。凧揚げのように高く凧を挙げておくには、いつも糸を引いていなければならいのと同じ、自分と凧との空間で遊べるように、音楽と自分との空間で遊びなさい。レッスン室からは内海である引津湾が眺められるので、前奏が始まると「海を見て、もう息が海まで行っているように」と身体の準備やタイミングを注意された。

糸島での生活–自然の中で–

九州交響楽団の常任指揮者を離れ一九八一年に拠点を東京に移したが、一九九五年に福岡県の糸島へ転居し亡くなるまで自然の中で過ごした。住まいは別荘地にあった。糸島市は世界的情報誌「MONOCLE」による人口二十五万人未満の街を対象とした「輝く小さな街」で世界第三位に選ばれている。転居した当時常住しているのは十世帯だったと聞くが、現在は百世帯以上が常住している。福岡空港からは電車一本で最寄りの筑前前原に到着する。駅から住まいまでは車で少しの時間は要するが、福岡市内までは車でも六十分ほどで行くことが出来る。「十八年間住んでいて一日も嫌だと思った日がない」と語っていた。私は糸島へ何度も訪れたが、静けさ、空気の良さ、食材のよさ（糸島野菜は国内でも有名なブランド、牡蠣小屋、焼き塩、ハム工房なども同様に全国に知られている）、物価も安くとても住みやすいと何度も聞いた。都会に住む人から「こんな田舎で寂しくないですか」と聞かれると「スイスでは少し歩くと牛がいるところに住んでいたから大丈夫よ」と答えている。また「海は近いけれど波が静かで樹が茂っているのでベタベタと塩っぽくならない」と糸島の生活を心から楽しまれていた。レニッケは「糸島はパラダイス」と語っている。演出家のミヒャエル・ハンペも来日の際には糸島に滞在し疲れを癒していた。

閉塞の時に–コロナ禍で芸術・文化を考える–

二〇二〇年度に発生した新型コロナウイルス感染症は世界中で猛威を振るい、感染者数の拡大と急速な重症化による死者数が連日報道されている。日本も例外ではない。コロナ対策は国により大きく異なり、政治家や官僚は日々変わる情報に追いつけない状況にある。人と触れること、話すこと、食事をすることなどがことごとく制限され、閉塞感の中で毎日を過ごさなければならない状況である。終息の目途は立たず「見えないウイルス」との戦いである。

　このような状況下でもドイツのメルケル首相は、二〇二〇年五月九日に次のメッセージを国民に語りかけた。「ドイツは文化の国であり、私たちは全国に広がる多彩な催し物（展示や公演）に誇りをもっています。ミュージアム、劇場、オペラハウス、文芸クラブ、その他にもたくさんあります。文化的供給が表現しているのは、私たちについてであったり、私たちのアイデンティティであったりします。コロナウイルスによるパンデミックは、私たちが共に営む文化的生活の深い中断を意味します。（中略）文化的イベントは、私たちの生活にとってこの上なく重要なものです。それはコロナ・パンデミックの時代でも同じです。もしかすると私たちは、こうした時代になってやっと、自分たちから失われたものの大切さに気付くようになるのかもしれません。なぜなら、アーティストと観客との相互作用で、自分自身の人生に目を向けるという全く新しい視点が生まれるからです」

　以上のメッセージは芸術家をはじめ世界中の人々を感動させた。芸術＝アートと人間の営みについてこれほどの切実さと説得力をもって語られたことはない。ヨーロッパは各都市に大小の歌劇場があり、音楽監督や指揮者、歌手、合唱団、バレエ団、オーケストラ、舞台スタッフが芸術を支え、助成金や寄付金により運営されている。オペラはヨーロッパの文化土壌で長い時間をかけて総合芸術として確立していった。

　西内玲とフォルカー・レニッケは、音楽のミューズによりオペラ劇場で出会い、今は糸島の自然に抱かれて眠りについている。

参考文献・資料

畑中良輔：演奏家的演奏論　白水社　一九七五年
武岡鶴代を偲んで：武岡祥二　私家版　一九九〇年
土野研治：心ひらくピアノ－音楽療法士と自閉症児との14年－
　増補版　二〇一九年　春秋社
ドイツリート名曲集／西内玲リサイタル　ME1090　グラム
　フォン教育レコード
西内玲ドイツリート名唱集　DC11191　POLYDOR

西内静先生の奥沢のレッスン室で。右から西内玲、西内静、筆者（1988年）

東京でのリサイタル
ピアノ伴奏はフォルカー・レニッケ

ルツェルン市立歌劇場専属歌手時代
「リゴレット」のマッダレーナ

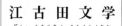

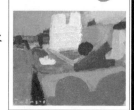

評論　連載第二回

アニメの影を踏む

――『物語』シリーズと横光利一の「四人称」

安原まひろ

『物語』シリーズの無機質さ

アニメ作品の映像を見るとき、そこで自分が何を見ていたのかを改めて文字に起こしていくと、驚くほど多くのことが無意識下で受け流されていたことに気がつく。例えば音声をオフにして、ただ映像だけを追ってみると、視覚がとらえている情報の豊かさに気がつくし、そこから受け取るものが実に多彩であることがわかる。

以下は、アニメ『化物語』[1]の冒頭のいち部分、4分16秒～4分38、39秒の部分で起こったことを、簡単ながら画面に映った順にテクストにしてみたものだ。「ロッカーの上に置かれている据え置きのカレンダー」「正面から見たプールサイドの飛び込み台」「上空から見た校庭のトラック」「横から見た校庭のトラック」。ここで、少女の声による語りが始まる。「並ぶ学校のガラス窓」「ノートと消しゴム」「教室に差し込む窓枠の影、右下に見切れた眼鏡の少女」「シャープペンシルを握る眼鏡の少女の胸元」「上から見た教室、右下に眼鏡の制服の少女と制服の少年」「壁に差し込んだ窓枠の影」「鉛筆を回す少女の手」。「頬杖をつきながら口を開く少女」。ここまで来てようやく、少女の口元の動きがアニメーションで描写され、流れていた少女の語りと、画面に写っている映像が一致する。

以上のように記述してみると、この作品には物語そのものとは一見関係がないように見える景色が数多く挿入されていることがわかる。そしてこの景色は、実際の風景を緻密に描写した背景美術ではなく、3DCGのポリゴンの質感がそのまま残ったような、粗さが残る記号化された映像で表現されている。

本論では、『化物語』、そして以降続編としてアニメ化されてきた『物語』シリーズに見られるこうした演出が、二〇〇〇年代〜一〇年代のアニメ史においていかなる意味を持ち、そこにどのような日本近代文学の影が見出だせるのかを検討していきたい。

『物語』シリーズの舞台となるのは「私立直江津高校」だ。この学校名を耳にしてまず思い浮かぶ地名が新潟県直江津市だが、同校の実在の土地との関係性は作中では触れられず、このアニメの記号化された背景と相まって、作中の土地の匿名性をさらに強くしている。本論冒頭で記述を試みた箇所のみならず、『物語』シリーズでは作中を通じて、街の住人は殆ど描写されず、生気のない街の建築や道路といった背景は、ひたすらに記号として機能する。

一方でこの二〇年ほどでつくられたアニメ作品について考えてみると、柄谷行人が『日本近代文学の起源』[2]においてて指摘したような、精緻な風景と人物の心情が重ね合わせられるような演出が多く試みられてきたことがわかる。

例えば、新海誠監督の『言の葉の庭』[3]や『君の名は。』[4]『天気の子』[5]、京都アニメーションが制作した『響け！ユーフォニアム』[6]や『Ｆｒｅｅ！』[7]『ツルネ──風舞高校弓道部──』[8]、超平和バスターズによる『あの日見た花の名前を僕達はまだ知らない。』[9]『心が叫びたがってるんだ。』[10]『空の青さを知る人よ』[11]など、いずれも、国内の実在の景色をもとに背景美術が緻密に描かれており、それら背景にキャラクターの心情を代弁させるような演出が施されている。これらの作品においては視聴者が舞台となった実在の風景を見つけ、「聖地巡礼」というかたちで実地を訪れることも慣例となった。

しかし『物語』シリーズでは、先に述べたように、意図的に記号化され、色数が減らされ、平面的に処理された背景美術が用意されており、風景にキャラクターの心情を仮託するといった演出とはかなりの距離がある。例えば、新海誠監督の作品の背景美術を取り上げるのであれば、ただ東京の街並みを切り取るにしても、光源と影、臨場感のある奥行きや高低が、実写のカメラのレンズ効果を取り入れたような瑞々しいモチーフとして描写される。それら背景美術は何者かが見ている景色であるということを視聴者に強く意識させるし、だからこそ心情を仮託することが容易になる。

一方の『物語』シリーズの背景美術は様相が大きく異なる。『化物語』冒頭の「ロッカー」「プール」「陸上トラック」といったモチーフは、極めて平面的かつ直線的に配置されており、陰影は単純化され記号的になっている。それは、キャラクターの自意識とは大きな距離を感じさせる無機質な背景だ。

そして、その背景の中で動くキャラクターたちは、極度に類型化されたキャラクター性を有している。作中、キャラクター自らが、各々のキャラクター性を定義づけるように語るシーンが頻出するが、こうしたシーンは、『物語』シリーズの原作となっている、西尾維新による同名の小説から引き継がれたものだ。例えば、小説内の次のようなテキストがその典型と言えるだろう。

きっちりとした三つ編みに眼鏡をかけて、規律正しく折り目正しく、恐ろしく真面目で教師受けも良いという、今や漫画やアニメにおいてさえ絶滅危惧種に指定されそうな存在なのである。[13]

「あっそう。でも子供の頃は、さぞかし萌えキャラだったのでしょうね」

「そういう目で生身の人間を見るな。ていうか、お前、萌えとかキャラとか分かる奴なのか？」

「これしき、一般教養の部類よ」

戦場ヶ原は平然と言った。

「私みたいなキャラのことを、ツンデレっていうのでしょう？」[14]

「突如として正反対のキャラを演じるのはやめろ！ そんなことしてもお前のキャラの幅はもうそれ以上は広がらないんだよ！」[15]

以上のような描写からは、キャラクターが自らをキャラクターとして語るメタ性を感じられる。同時に『物語』シリーズの地の文はすべて主人公・阿良々木暦の傍白の語りとして書かれており、他登場キャラクターがそれぞれどういったキャラクターなのかが、心のうちの声で説明されている。こうしたキャラクターにまつわる要素は、先に指摘した背景とあいまって、作品全体の硬質で無機的な印象を作り出す。

「ライトノベル」とキャラクター

「キャラクターが自らをキャラクターとして語るメタ性」と述べたが、この場合のキャラクターがどこから来ているのか、一度原作小説に立ち返って考えてみたい。『物語』シリーズの原作者、西尾維新は二〇〇二年に『クビキリサイクル 青色サヴァンと戯言遣い』で第二三回メフィスト賞を受賞、その後は文芸雑誌『ファウスト』に作品を発表する。この『ファウスト』という文芸誌のジャンルを定義することには慎重にならなくてはいけないが、既存の純文学やエンターテイメント文学に類さず、イラストが添えられているという観点からも、「ライトノベル」に類されると考えていい。

ライトノベルとは何か、その起源や定義は、多くの識者によって論じられてきたが、今回は大橋崇行『ライトノベルから見た少女/少年小説史』を引きたい。同書において大橋はライトノベルを定義する、という行為について、次のような見解を示す。

> 「ライトノベル」という用語について考えてみると、中学生から大学生にかけての青年期にある読者を想定するという読者層の問題、そして、まんがやアニメーションを想起させるイラストを添えて出版されるという書誌的な問題、最後に、物語の作中人物が「キャラ」として描かれるという内部構造の問題を軸として、それらの条件を満たす小説というゆるやかな枠組みを持っておくというのが限界であろう。[16]

以上の大橋が提示したライトノベルの定義は、一定の説得力を持つ。西尾維新の作品や、その発表媒体であった『ファウスト』の掲載作品についてもライトノベルか否か、という議論はされてきた。しかし、この大橋の定義によるのであれば、「イラストを添えて」「作中人物が『キャラ』として描かれる」という点が認められる『物語』

シリーズは、ライトノベルと言ってよさそうだ。

ただ、この定義の背景には、ライトノベルの歴史と起源を問う難しさが存在する。そしてこの難しさが、『物語』シリーズにおける「キャラクター」を考えるうえでは重要な要素となる。

大橋は「一九七〇年代以降のジュブナイルがライトノベルの『起源』であり、一九九〇年にライトノベルが『誕生』したという枠組み、また、これが一九七〇年代以降のまんが・アニメ文化とともに展開した[17]」という従来の言説を、「物語」と「キャラクター」のふたつの視座から、批判的に検証し、次のように結論づけている。

> 少年小説が少年まんがへと接続し、少年まんががメディアミックス作品としてのアニメーションに接続していく中でジュブナイルからライトノベルへと至る道筋が作られたと考えれば、やはり一九七〇年代にまったく新しい小説ジャンルとしてのジュブナイルが登場し、それがライトノベルにつながったという素朴な発想で、現代のライトノベルを説明することはできないであろう。現代のライトノベル、あるいはそこで用いられる作中人物としてのキャラクターは、このような歴史の積み重ねの上で初めて説明することができるものなのである。[18]

ここで言われている、戦前の小説から、現代のキャラクター小説にも引き継がれている「キャラクター」が、何をもって成立しているのかについて、大橋は次のように分析している。

> 日本のキャラクターとは、日本語文化圏の中で編成されてきた言葉、表現、動作の様式に由来するものであり、その様式を作中人物が表現として伴っているかどうかによって、キャラクターとして認知されるのか、それ以外の〈文学〉や〈芸術〉といった文脈で認知されるのかが決まってくる。[19]

大橋によれば、こうしたキャラクターの性質は、ライトノベルのみならず、視覚情報の多いアニメでも同様だという。大橋は、『物語』シリーズと同様に新房昭之監督が手がけた『魔法少女まどか☆マギカ』[20]における鹿目まどかと美樹さやかが会話するシーンや、庵野秀明が総監督を務めた『エヴァンゲリヲン新劇場版：序』[21]を例に出しながら、視覚情報とキャラクターの相関について、次のように整理する。

キャラクターとは、作中人物を語りやしぐさによってではなく、独白や作中人物どうしの対話という台詞によって造形してきたことにより生じたものではないか。いいかえれば、キャラクターとは視覚的な情報によって規定されるものではなく、作中人物の心を言葉によって余すところなく語り尽くし、読者に示すという表現が様式化した結果、そのような様式に当てはまる作中人物がキャラクターとして認知されてきたのではないかということである。[22]

この大橋の指摘は、小説版、アニメ版を問わず、先に引用したような『化物語』での対話シーンにも当てはまる。全編にわたって心の内が語られる阿良々木暦による傍白や、キャラクター性を指し示す「三つ編みに眼鏡」「ツンデレ」「萌えキャラ」といった要素が会話内に織り交ぜられ、互いに定義し合う様などは、まさに「作中人物の心を言葉によって余すことなく語り尽くし、読者に示す」ことだと言って良い。

横光利一の無機質さ

『物語』シリーズのキャラクターが、ライトノベルの歴史において醸成された文脈に極めて忠実であることはわかった。次に『物語』シリーズの映像がこうしたキャラクターにいかなる効果を与えているのかを考えるために、いまいちど大橋の論を参照してみたい。先だって多くを引用した大橋の持論の前提にあるのは、「文学史」として編まれてきた日本近代文学と、戦前の少年少女小説から現代のライトノベルに至るまでの「キャラクター小説」が、別軸で扱われてきたことへの疑義であり、彼はそれ故に既存の「文学史」に生じた歪みを指摘している。

私小説が早稲田大学の文学部を中心に作られ、坪内逍遥がその設立当初の教員だったこと、それに加え、日本の〈文学〉関係者に早稲田出身の人間が非常に多かったことは看過できない。このような〈文学史〉はいわば、自分たちが書く小説作品こそが〈文学〉であると、同窓の者どうしで意味づけてきたという側面を少なからず持っているのである。そしてこのような

〈文学史〉が、学校教育を通じて日本文学における「常識」として教えこまれ、明治以降の日本文学作品はあたかも「リアリズム」小説だけによって埋め尽くされてきたかのような印象が作りだされてきた。[23]

このような大橋の文学史観がどれほど実情を反映しているかについての検証は避けるが、大橋は既存の「文学史」が「私小説＝リアリズム小説」によって埋め尽くされており、「キャラクター小説」への言及が抜け落ちてきたことについて、強い問題意識を持っていることがわかる。

しかしながら、この「私小説＝リアリズム小説」とは異なる方向を向いていた日本文学の作家も当然ながらいる。その代表としてまず名前が挙がるのが、横光利一の名前ではないだろうか。そしてこの横光こそが、アニメ『物語』シリーズの「視点」を「キャラクター」と結びつけながら考えるための重要なキーになると筆者は考える。

横光を代表とする新感覚派は、日本近代文学の歴史において自然主義文学への対抗を明確に意識していた派閥といえる。大橋いわく「少年小説が全盛期を迎えた」[24]とされる一九三〇年代、日本近代文学においては一九二〇年代に登場した「新感覚派」が最後の輝きを放っていた。ここでは「新感覚派」が何たるかについての詳述は避けるが、横光がこの時代に志向したことを知るにあたっては、次に引用する記述がわかりやすいだろう。

> 「純粋小説論争」でも横光は通俗小説と純文学の統合という大胆な問題提起を行い大きな反響をまきおこした。自意識を処理するための第四人称の設定や、「偶然」を排除してきた純文学の行きづまりを打開するためには「偶然性」を容認すべきだという提起を世界の名作を例に主張した。（中略）作家が自己探求を続ける文学だけでなく、読者が何を望んでいるのかを考慮すべきだというのが横光の主張であったわけで、戦後の中間小説を先取りした考えであった。[25]

ここで言われている中間小説とは、いわゆるエンターテイメント小説とでもいうべきもので、大橋が指摘した純文学とキャラクター小説との乖離への疑義が、「文学史」の中（さすがに「新感覚派」が既存の文学史から排除されているという言い方は難しいように思われる）からも生まれていたことがよくわかる。ここで言われている「第四人称」や「偶然性の容認」といった思考の目指すところとは、つまるところ「私小説＝リアリズム小説」から脱却し、作家の自意識と物語内の「キャラクター」を分離することで、文学の行き詰まりを打破するというものだ。こうした思想は次のようなかたちで、新感覚派時代の横光作品の特徴として現れる。

> 人と物の平準化、それを表現する擬人法・擬物法や、短文・体言終止を多用するいわゆる電報文体、偶然の事故や饅頭・田虫などの非人格的物象が人間集団の動きを左右する、世界内における主体・客体逆転の発想、あるいは隣接性を要とする因果連鎖または情報論的世界観、それを実践する換喩表現、さらにカメラ・アイの映画的手法などが、この理論から胚胎した。[26]

このように挙げられた横光作品の特徴のなかでも「カメラ・アイの映画的手法」については、『物語』シリーズの映像面を考慮するうえでは注目すべき箇所であろう。横光は映像に強い興味を持っていた作家である。横光が、川端康成ら新感覚派のメンバーと新感覚派映画連盟を結成し、監督に衣笠貞之助を迎えて、日本初の実験映画とも言われる映画『狂つた一頁』[27]の製作に携わっていったことは有名である。その狙いがどこにあったのかを、次の論考から引く。

> 横光のねらいは、映像の純粋性の追求にあった。新感覚派映画連盟は文学の延長にある「文芸的な映画」を退け、「映画的な映画」の製作に注力したが、そのことに最も意識的だったのは誰よりも横光であったと思われる。彼は、試写を見て字幕をすべて削除するよう提案する。またトーキー普及以前の無声映画の時代であるから、活動弁士がいなければ観客の上映中の映画の理解は進捗しないが、当然横光はこの活動弁士による解説も拒否した。衣笠が「映像」の表現媒体としての可能性を極限まで追求しようとしていたとすれば、横光はそこから言わば〝引き算〟することによって、どこまで「言語」を抜き去ることで純粋な〝映像言語〟を実現することができるかという実験に没頭していったと言えよう。[28]

映画『狂つた一頁』は、精神病院に入院している精神を患った女の行動を中心とした、現実なのか夢なのかわからないようなシーンが連続する。登場人物の行動や、発生する事象も興味深いが、それ以上に、陰影の造形的なおもしろさや、構成的に配置された人物など、映像面において登場人物の自意識と距離のある、モチーフの無機質さが印象に残る。

そして、『狂つた一頁』のこうした映像は、本稿の冒頭で引用した『化物語』の無機質な背景の描写と極めて似通った、映像を映像そのものとして意識させるような独立性を持っている。

このような『狂つた一頁』と『物語』シリーズとに共通する映像表現は、単に後者が当時の実験的な映像様式をファッションとして取り入れただけと捉えることもできるだろう。しかし、このような映像表現を選択したがために、現代のアニメに多く見られる自然主義的な「風景と自身の同一化」を捨てていることは注目に値する。饒舌な背景美術によって「キャラクター」を補完し拡張してきた日本のアニメとは異なり、『物語』シリーズでは、そうした背景美術をキャラクターと連関しない極めて純粋な背景として扱っているのだ。

『狂つた一頁』の無機質な映像が、映像そのものの純粋性を追い求めた結果生まれたのだとすると、『物語』シリーズにおける無機質な背景美術もまた、同様の性質を持っていると考えることができる。

映像が語る四人称

なぜ、横光はこのような映像を志向したのか。ここでは横光の論考『純粋小説論』に解を求めたい。これは、新感覚派に類する小説の発表が落ち着いた一九三五年に書かれたものであり、横光はこの論考において「四人称」という概念を提示している。

「自分を見る自分」という新しい存在物としての人称が生じてからは、すでに役に立たなくなった古いリアリズムでは、一層役に立たなくなって来たのは、云うまでもないことだが、不便はそれのみにはあらずして、この人々の内面を支配している強力な自意識の表現の場合に、幾らかでも真実に近づけてリアリティを与えようとするなら、作家はも早や、いかなる方法かで、自身の操作に適合した四人称の発明工夫をしない限り、表現の方法はないのである。[29]

われわれには、四人称の設定の自由が赦されているということだ。純粋小説はこの四人称を設定して、新しく人物を動かし進める可能の世界を実現していくことだ。まだ何人も企てぬ自由の天地にリアリティを与えることだ。新しい浪曼主義は、ここから出発しなければ、創造は不可能である。[30]

以上の記述からもわかるように、『純粋小説論』における「四人称」の定義は不明瞭を極める。これに関しては「肝心なことはほとんどなにも明言されていない」[31]と指摘されることもあり、その他の批評も多くが「〈作家精神の意思〉や、その社会性といった巨視的なレベルで処理されて」[32]いるものばかりで、実に曖昧だ。

しかしながら、これまで見てきた横光と『物語』シリーズに共通する映像を考慮すると、この「四人称」についてのある考察が浮かぶ。横光が志向した、登場人物の自意識を代入するためではない、純粋な映像。これが『純粋小説論』において主張されている、自意識に強く結びついた「古いリアリズム」ではない「新しい浪曼主義」としてのリアリティ＝「四人称」という考え方の出発点なのではないだろうか。

映像においては、人が歩く様子をただビデオカメラを撮るだけでも受動的に背景が発生する。しかし、テクストにおける背景は、能動的に描写しなければ発生しない。テクストで書かれた背景は、この能動性故に、登場人物が見た風景として、そして書き手の心情と重ね合わせる風景として受け取られてきた。しかし横光は、映像におけるビデオカメラのような、機械的で受動的な背景をテクストで作り出すことこそが、新たなリアリティ「四人称」だと考えたのではないだろうか。

個人制作とプロダクションワークといった違いはあるにせよ、アニメもまたテクストと同じように能動的に描かなければ背景をつくることができない。この能動性を前提にしつつも、いかに登場人物の自意識から独立した、受動的に成立する背景をつくりだし、異なる次元のリアリティを現出させるのか。これが、『物語』シリーズと横光の両者に共通した問題意識だったのではないか。

自然主義的な背景美術との距離を見計りながら、新たなアニメを手繰りよせようとする『物語』シリーズの手つきは、日本近代文学における横光利一の手つきの影と重なって見える。

注

1　『化物語』（二〇〇九、シャフト）

2　柄谷行人『定本　日本近代大学の起源』（二〇〇四、岩波書店）

3　『言の葉の庭』（二〇一三、コミックス・ウェーブ・フィルム）

4　『君の名は。』（二〇一六、コミックス・ウェーブ・フィルム）

5　『天気の子』（二〇一九、コミックス・ウェーブ・フィルム）

6　『響け！　ユーフォニアム』（二〇一五、京都アニメーション）

7　『Ｆｒｅｅ！』（二〇一三、京都アニメーション）

8　『ツルネ―風舞高校弓道部―』（二〇一八～一九、京都アニメーション）

9　監督・長井龍雪、脚本・岡田磨里、キャラクターデザイン・田中将賀による制作チーム。

10　『あの日見た花の名前を僕達はまだ知らない。』（二〇一一、A-1 Pictures）

11　『心が叫びたがってるんだ。』（二〇一五、A-1 Pictures）

12　『空の青さを知る人よ』（二〇一九、A-1 Pictures）

13　西尾維新『化物語（上）』（二〇〇六、講談社）十三～十四頁

14　前掲書　三十五頁

15　前掲書　二一〇頁

16　大橋崇行『ライトノベルから見た少女／少年小説史　――現代日本の物語文化を見直すために』（二〇一五、笠間書院）七二頁

17　前掲書　一八八頁

18　前掲書　一八八～一八九頁

19　前掲書　二二四頁

20　『魔法少女まどか☆マギカ』（二〇一一、シャフト）

21　『エヴァンゲリヲン新劇場版：序』（二〇〇七、スタジオカラー）

22　大橋崇行『ライトノベルから見た少女／少年小説史　――現代日本の物語文化を見直すために』（二〇一五、笠間書院）二一七～二一八頁

23　前掲書　三四頁

24　前掲書　一一一頁

25　神山忠孝「横光利一　人と文学」（井上謙・神谷忠孝・羽鳥徹哉編『横光利一事典』二〇〇二、おうふう）一四～一五頁

26　中村三春「横光利一の文芸理論」（井上謙・神谷忠孝・羽鳥徹哉編『横光利一事典』二〇〇二、おうふう）一八頁

27　『狂った一頁』（一九二六、新感覚派映画聯盟）

28　大久保美花「新感覚派における〈映画〉の意義・川端康成と映画『狂った一頁』との関わりを軸に」（『情報コミュニケーション研究論集』第十一巻、二〇一六、明治大学大学院）二二頁

29　横光利一「純粋小説論」（川端康成・横光利一・岡本かの子・太宰治『昭和文学全集　第５巻』一九八六、小学館）六一一頁

30　前掲書　六一一頁

31　菅野昭正『横光利一』（一九九一、福武書店）一九三頁

32　教誓悠人「横光利一『機械』における〈四人称〉の問題―語りの問題として―」（『近代文学試論』第四十五号、二〇〇七、広島大学近代文学研究会）四十二頁

第二十回江古田文学賞

江古田文学では、ジャンルを問わず清新な小説と文芸評論を募集しています。
大学の枠を超えた一般の方も対象に含めた文学賞ですので、
新しい文学を志す方の挑戦をお待ちしています。

応募条件　未発表作品に限る。同人雑誌に発表したもの、他の文学賞に応募したものは対象外とする。
募集内容　小説／文芸批評（清新さをもつもの）
枚数　五〇～一〇〇枚（四〇〇字詰原稿用紙換算）　※応募は一人一編までとする。
当選作　正賞＝賞状／副賞＝賞金二〇万円
締切　郵送　：二〇二一年八月三一日（当日消印有効）
　メール：二〇二一年八月三一日二三時五九分まで
発表　『江古田文学』一〇八号（一一月二五日発刊）掲載予定

応募方法
■表紙をつけ、タイトル、住所、氏名、年齢、職業（本学学生の場合は学生番号も）、電話番号、四〇〇字換算枚数を明記。
ペンネームの場合は本名も併記すること。
■表紙とは別に本文の最初のページにもタイトルのみ明記。（氏名不要）
■原稿は折らずに、右肩をクリップでとめるかパンチ穴を紐綴じにする。（糊づけ、ホチキス留め不可）
■全ページに通しナンバーをはっきりとふること。
■ワープロ原稿はA４用紙（横置き）に縦書き。四〇字×三〇行で読みやすく印刷する。感熱紙は不可。
■郵送またはメール（word 形式）での応募受付。
※応募以外でのメールは受付けておりません。

原稿送付先　〒一七六―八五二五　東京都練馬区旭丘二―四二―一
日本大学芸術学部文芸学科内『江古田文学』編集部　江古田文学賞係
※応募作品は返却致しません。各自でコピーをお取りください。
また、選考に関するお問い合わせには一切応じられません。
E-mail: ekodabungaku.oubo@gmail.com

評論　連載第二回

荒地への旅

～復刻・戦後詩の名作②　木原孝一『星の肖像』初稿（下）～

山下洪文

扉

夜の噴水は曹達[1]のやうに僕の胸を泡立[2]ててゐた。僕はやや熱のある瞼を幾度[3]か閉[4]ぢたり開いたりしながら微笑してゐる貴方の唇の眞偽を知らうとした。ルウヂユ[5]に彩られた唇を飾つてゐる[6]さまざまな偽りを[7]僕は[8]苦しめられてばかりゐたから。[9]しかしそのライラックの匂ひに満ちた室のなかで僕は蠟細工のやうな貴方の掌を秘かに握り締[10]めずにはゐられなかつた。さうして指の静脈から静脈へ傳[11]はつて来[12]る貴方の体温は何故[13]か僕にそれ以上の眞実をさへ信じさせなかつた。それは僕等[14]の最初の遭遇だつた。僕は僕の掌をカシミヤの手套に包んで無言の夜のなかに降り立つた。もう一度[15]僕は貴方の唇の方[16]を振り向いた。其所[17]には白い扉がひとつ。硝子と[18]絲杉の鉢の向[19]ふに微[20]かに浮ん[21]で見えた。

廃船

仄白い船のマストが遠く光るその波止場の一隅では棕櫚の木が何か[22]の象徴のやうに搖れてゐた。夜は
再び其処[23]に哀愁に満ちた星を噴き上[24]げた。

僕は如何[25]なるのか。僕の翼は。

貴方の冷たい眉を見詰[26]めながら僕はもう[27]何も彼も[28]投げ出してしまひたかつた。不意[29]に僕は言つた。

船が見えるでせう。明日は何処[30]かへ行[31]つてしまふ船が。何時[32]かはマストの折れてしまふ船が。

縞

それは緑色の縞のあるネクタイだつた。それはアザミの花模様の浮き出した包紙[33]に包まれて或[34]る初夏の日射しのなかで僕に手渡[35]された貴方の最初の贈物だつた。僕は幾度び[36]かその緑色の縞のなかに浮き沈む[37]貴方の影を。さうして僕の影を追ひ求めたか知れなかつた。それは絶望と希望とを[38]しかしまた不安と幸福との間を漂流してゐる一粒のアスピリンのやうな僕をじつと見守[39]つてゐる僕自身の影[40]もその縞に映つてゐないこともなかつた。まるで鏡のなかの僕のやうに不器用な笑ひを微[41]かに頬に浮かべながら。或[42]る朝。僕は白い陶器製の洗面台の前で鮮かに光るその縞を見詰[43]めてゐた。すると遠い地平線の彼方に。一匙づつの希望と絶望とを載せて[44]金属製の測量器が幻燈のやうに浮んでゐるのを感じた。[45]

棕櫚

その棕櫚の木のある茶房の窓にも黄昏は再び迫[46]り出[47]してゐた。彼はセザンヌとかゴオガンとかに就[48]いて話し続[49]けた上[50]で最早[51]一箇月[52]の後に迫[53]つてゐる彼の結婚に就[54]いて話した。冷えた珈琲をすすりながらまるで他人のそれのやうに。僕はふと彼の厚い唇のなかにタヒチ島のゴオガンを思ひ浮べた。そしてまた彼が求めながらも遂に破局のうちに遠ざかつて行[55]つた眉の細いひとりの女性を思ひ出した。勿論[56]僕は彼の幸福に就[57]いてそれ以上問ひ訊[58]さうとはしなかつた。ただ彼が彼の眼鏡のやうに人生を偽つてゐることだけは知つてゐた。何故[59]かそれは一本の棕櫚の木の印象に似てゐたりした。やがては僕もその巧妙な嘘[60]偽を信じなければならないかも知れない。僕等[61]は白い皿のなかのエクレヤを摘[62]まむと幸福とは何の関[63]はりもなささうにそれを喰べ始[64]めた。巻煙草の煙が夕暮れの室を紫色に染めて行つた。[65]

その薄暗い電話室のなかで僕は貝殻のやうに鳴る受話器を手にして貴方の聲[66]を待つてゐた。

もしもし。

その透明な聲[67]を前にして僕は暫[68]くの間何[69]にも言へなかつた。眼を閉じて僕は僕の運命を賭けた言葉をかすれかかつた聲[70]にした。

考へるのは止[71]めよう。すべてが終るまで行[72]くんだ。此[73]のままで。如何[74]にもならなくなるまで。

如何[75]にもならなくなるまで。

その言葉の空虚な響[76]が再び僕の胸を抉つた。眼のなかを眞暗な光線に似たものが断続して行[77]つた。僕はそれを軽い微熱のせいにした。固く噛めば噛む程[78]小臼歯が浮いた。

歯には歯を。

ふと僕はその言葉の激[79]しさを思つた。さうして剥製の頭脳の何処[80]かに巣喰つてゐる強烈な自我を憎み始[81]めた。その紫とも緑ともつかない焰をあげて燃えさかる自我を。

※詩集『星の肖像』は、全篇が縦二五文字で組まれているが、原稿にその指定はなかった。
※『星の肖像』の原稿は、細かく書き直されている。本稿にはその最初のかたちを示したが、次に新仮名遣いへの変更を除いた異同を示す。

1 曹達↓ソオダ
2 泡↓あわ
3 幾度↓いくど
4 ぢ↓じ
5 ヂ↓ジ
6 唇を飾つてゐる↓「唇の奥の」と書き直され、さらに「奥」が「おく」に修正されている。
7 を↓は
8 は↓を
9 苦しめられてばかりゐたから↓「苦しめ通しだった」、さらに「苦しめずにはおかなかつたから」と書き直されている。
10 締↓し
11 傳↓つた
12 来↓く
13 何故↓なぜ
14 等↓ら
15 一度↓いちど
16 方↓ほう
17 「其処」、さらに「そこ」と書き直されている。
18 「硝子と」は詩集で削除されている。
19 向↓むこ
20 微↓かす
21 「浮び」と書かれた後、修正されている。

22 何か→宿命
23 其処→そこ
24 上→あ
25 如何→どう
26 見詰→みつ
27 「もう」と書かれた後、「最早」に修正され、また「もう」と直されている。
28 何も彼も→なにもかも
29 不意→ふい
30 何処→どこ
31 行→い
32 何時→いつ
33 包紙→包装紙
34 或→あ
35 渡→わた
36 幾度び→いくたび
37 む→みする
38 「それは絶望と希望とを」は詩集で削除されている。
39 守→まも
40 「影」の前に「もうひとつの」と書き足されている。
41 微→かす
42 或→あ
43 見詰→みつ
44 て→た
45 『星の肖像』の原型は、『新技術』(『VOU』が時局に合わせて改題したもの)掲載の「手帖」「手帳」「写真帖」「炎える翼」である。このうち「縞」だけが、大幅に改稿されている。つぎに、その元のかたちを示す。

貴方は緑色の縞のある一本のネクタイを呉れた。僕はその縞の中に貴方の眼を見る事がある。その眼の中に探し出さうとする僕の翼がある。時々その縞が見へなくなつたりすると僕の肋骨が痛み始める。貴方が冷淡な時か僕が我儘な時かに限つてゐる。ふと僕はやつと肩につき始めた翼が落ちて行くかも知れないと感じる。すると僕はもう一本のネクタイが欲しくなる。縞の消へたりしないネクタイが。だがそのネクタイを探し出して呉れるのは矢張り貴方なのだ。

（『新技術』第三四号　一九四一年十一月　VOUクラブ）

46　迫↓せま
47　出↓だ
48　就↓つ
49　続↓つづ
50　上↓うえ
51　最早↓もはや
52　一箇月↓一週間
53　迫↓せま
54　就↓つ
55　行↓い
56　勿論↓もちろん
57　就↓つ
58　訊↓ただ
59　何故↓なぜ
60　嘘↓虚
61　等↓ら
62　摘↓つ
63　関↓かか
64　始↓はじ

65　「室のなかに紫色に滲んで行つた」と書き直され、さらに「滲」が「にじ」、「行」が「い」に修正されている。
66　聲↓声
67　聲↓声
68　暫↓しばら
69　何↓なに
70　聲↓声
71　止↓や
72　行↓ゆ
73　此↓こ
74　如何↓どう
75　如何↓どう
76　響↓響き
77　行↓い
78　程↓ほど
79　激しさ↓「烈しさ」と書き直されている。詩集では「はげしさ」。
80　何処↓どこ
81　始↓はじ

一九四五年二月、硫黄島上陸の七ヶ月後、木原は栄養失調で倒れ、内地に帰還する。米軍の総攻撃が開始されたのは、その直後だった。三月十七日深夜、栗林忠道中将は大本営に訣別電報を打電。残った兵と突撃し、戦死した。その日のことを、後に木原はこう歌っている。

夜には星にむかつて歩め
砂漠では空にむかつて歩め
暗い鏡のなかにおまへは見るだらう
世界のすべての港の　火薬と砲車にむかつて行く影
　の歩みを
蜂の死のなかに　罰をみたせ
蟻の死のなかに　愛をみたせ
魚の死のなかに　願望を！
鉛の死のなかに　安息を！
一九四五年×月×日　××島に於ける日
本軍の組織的抵抗は終つた
（「無名戦士」）

「硫黄島」と木原は書かない。「三月十七日」という日付も記さない。木原にとって、すべての場所が硫黄島に、すべての日付が三月十七日になってしまったからだ。

「戦争」というレンズをとおしてしか、木原は「戦後」を見ることができなかった。死ねなかった代償のように、彼は「死」の記憶に閉じこもった。谷川俊太郎が、「ひとつの死体」より「生きている一人の少女」(「世界へ！」)のために歌おう、と宣言したときも、木原は「死んだ男」「死んだ女」と対話していた。死から生へ、メトロノームのように移動することを拒み、「死」に立ち止まり、死のなかの「生」をつかみ出そうとした。

「死」という「罰」を受けた戦友たちは、同時に「愛」で充たされている。罪なくして罰せられた彼らは、それゆえに愛され、歌われるからだ。

「残されたもの」には、「日日が罪であり　その日日が愛です」(「無名戦士」)と木原は記す。生き残ったことは、犠牲者になりえず、「罪」にまみれたことを意味する。罪と罰は、ここで対義語なのだ。罪なくして「罰」せられた戦死者と、罰せられなかったがゆえに「罪」深い詩人と。

「罪」は、単に生き残ったことばかりを指すのではないだろう。ここで私は、日中戦争に際して木原が喀血し、内地還送されたことを、思い起こさずにいられない（本誌前号参照）。二つの死地を、木原は病を得ることで回避した。ここに、無意識的な「防衛本能」の発動を見て取ることもできよう。

「生き残ろうとは思わなかった」（「生き残ろうとした詩人―金子光晴のもたらすもの」）という言葉に、嘘はあるまい。しかし、そうした「言葉」を超えたところで、肉体が生きようとしたのではないか。死に囚われた「心」を、「体」は裏切り、木原は生の光のなかに、わけもわからず放り出されてしまったのではないか。

二度にわたって死を中断された木原は、抜け殻のようになって日々を過ごした。精神的にも、「実体的」にもそうであった。硫黄島守備隊は「玉砕」したため、隊員は皆死んだことになっていた。つまり木原は、兵籍上、死んでいたのである。彼は当時、「幽霊」（「混沌のなかから」）のようなものだったのだ。

栄養失調というだけで身体健全な二十才代の男が、なすこともなくブラブラしているのは、それだけでも奇妙な眼でみられ、あまり外へ出ずにくらしているよりしようがなかった。所属部隊が全滅したので、生きる場所も死に場所も失ったひとりの男。それが敗戦までの半年のあいだの私の姿だった。

（「死者との対話」）

この間に、木原は近衛師団に連絡を取っている。「どの部隊の兵籍名簿にも載っていない幽霊」である彼は、あってはならない存在として、「抹殺されてしまうかも知れない」と――「兵籍上死んでいる」事実に合わせ、本当に殺されてしまうかもしれないと――考えたためだ（「混沌のなかから」）。

硫黄島の生き残りという肩書きは、「敗戦思想の持主」（「死者との対話」）なのではないか、という懐疑のまなざしを呼び起こした。官憲に監視され、気の休まらない日々がつづくなか、重大放送の知らせが耳に入る。木原はただちに司令部に駆けつけ、放送の中身を聞いて回った。

明日、敗戦を迎えるという事実を参謀に教えられ、呆然と焼け跡を歩く木原の頭上を、戦闘機がとおり過ぎていった。彼らは何のために殺すのか。自分たちは何のために殺されるのか。木原は、そんな疑いに囚われたという。

玉音放送は予定どおりに放送された。

　二十年三月二十一日、硫黄島で玉砕戦死した二万三千の戦友の英霊に対して、五月二十四日夜の東京空襲を受けて死んだ私の弟の精霊に対して、天皇は「……五内為ニ裂ク」と言うだけであった。「朕は汝らの大元帥なるぞ……」と軍人勅諭で叫んだ天皇は何処へ行ったのか。「万世一系」であり一億国民の神であり、父であった天皇は何処へ行ったのか。そのとき私の内部を駆けめぐった想念は言葉への不信であった。

（「混沌のなかから」）

三鷹の旧中島飛行機工場の後片付けを手伝っていた木原は、接収に来た米軍将校に「何故、きみたちはピース・ヴァンダイク・アタックにならないのか（特攻隊の精神をもって平和に邁進しないのはなぜか、という意か）」（「死者との対話」）と問われ、返答できなかった。死と生に引き裂かれた木原は、そのどちらにも「特攻」できなかったのだ。

一九四六年十二月、木原は『星の肖像』と同名の作品を発表している。『VOU』時代を思わせる作風だが、『星の肖像』のいずれと比較しても、出来が悪いものだ。

　不意におびただしい隕石が落ちて来る
　ねじれた蝙蝠傘が砕ける
　さうして未来の希臘が受胎される

（「星の肖像」）

『星の肖像』は、戦争と青春の象徴として、「星」を描いている。戦争が終わり、死の影の忘れられつつあるときに、「星」が書けるはずもなかったのだ。

　硫黄島出征から十年経った一九五四年、『散文詩集星の肖像』五〇〇部が昭森社から刊行された（図1）。同時に、北園克衛自筆のスケッチを付した、総革製の特製限定版が十部刊行（図2〜5）。

　最初の頁に、「彼方」第一連が自筆で記されている。つぎに、この詩の全部を掲げる。

　魚は知つている
　水のうえには　光があるのを
　海のうえには　空があるのを

ちいさな光のなかでは
過去は未来からはじまり　未来は過去にとざさ
れる

わたしの血のなかで
一瞬　死んだ魚が泳ぎまわる

燕麦は知つている
空のうえには　光があるのを
土のうえに　雲があるのを

黒い種子のなかでは
まだ　うまれない生命が眠つている

わたしの血のなかで
一瞬　噛みくだかれた麦の一粒が叫ぶ

牝牛は知つている
雲のうえには　光があるのを
木のうえに　星があるのを

雲のさけめから見ると
「時」が永遠のなかを走るのが見える
　わたしの血のなかで
　一瞬　死んだ牝牛が走りまわる

だが　ひとは知らない
星のうえに　光があるのを
墓石のうえには　影があるのを
　星と　その星のひかりのあいだには
　ひとびとの亡びの「時」が沈められている
　　わたしの血のなかで
　　一瞬　死んだ精霊がわらいだす

『星の肖像』の諸篇（図6～10参照）と、異質な詩的世界が描かれている。戦友たちの玉砕、敗戦、戦後復興……様々な出来事に織りなされた十年のあいだで、木原の詩意識はすっかり様変わりしていた。

中桐雅夫は一九六四年、北村太郎は一九六六年に処女詩集を刊行している。そのいずれも、出版当時には、そこに書いた死と滅びの影から逃れていた。

木原も北村も中桐も、詩集を出したときには、すでにその詩的世界を脱していた。戦後の混乱期に詩集を出すのが難しかった、という事情も関係していよう。だが、死を覚悟して戦中にしたためた詩集を、「生」の横溢する戦後に出版した木原は、コントラストの激しさにおいて、やはり注目に値する。

戦後の「光」のなかへ入ってゆくことも、戦争の「影」に回帰することも、木原はしなかった。光と影を縫い合わせ、戦争でも戦後でも、死でも生でもない、「世界の何処にもない」（「鎮魂歌」）場所を彼は作り出そうとした。死のうとするように、あるいは死者をよみがえらせるかのように。

「戦争」という神が死んだその日、「戦後」という新しい神がぼんやりと姿をあらわした。それは霧のように漂い、心をつつみ、犯す。丸山眞男は、「戦後民主主義の「虚妄」の方に賭ける」（『現代政治の思想と行動』増補版への後書）と言った。虚妄の神を、虚妄と知りながら信じる、と。だが「神」とともに生き、死んでいった家族や戦友を、木原は捨てることができなかった。
晩年の木原が読み込んだハイデッガーは、つぎのように言う。

ヘルダーリンが詩の本質をあらたに建設するというときそれによつて彼は始めて新しき時間を規定するのである。それは過ぎ去れる神々と来るべき神との間の時間である。それはまことに乏しき時間である。何故ならそれは過ぎ去れる神々のもはや無いということと来るべきものの未だ無いということとの二重の無と欠乏とのうちに立つているから。

（「ヘルダーリンと詩の本質」齋藤信治訳）

「過ぎ去れる神々」（戦前）を奉じることも、「来るべき神」（戦後）の到来を願うこともしない木原は、いつまでも「乏しき時間」（荒地）に立ち尽くした。『星の肖像』を刊行した一九五四年は、「一連の戦争詩（「幻影の時代」「無名戦士」）を書き終り（略）仮死的な生き方をしていた時代の意味をおぼろげながらつかんだ」（「創造的・詩・眼」）年でもあった。「過ぎ去れる神々」の面影を刻んだ木原は、「来るべき神」の具現化に取り組み始める。それが、小説「無名戦士（硫黄島）」である。

二回にわたって、『星の肖像』初稿原稿を紹介しつつ、詩人の「戦争」と「戦後」を見てきた。次回は、木原が生涯書きつづけた小説「無名戦士（硫黄島）」の草稿を見てゆこう。すでに『血のいろの降る雪』に大部分を翻刻したものではあるが、どうしても収録しきれなかった断章や、プロット等を紹介したい。

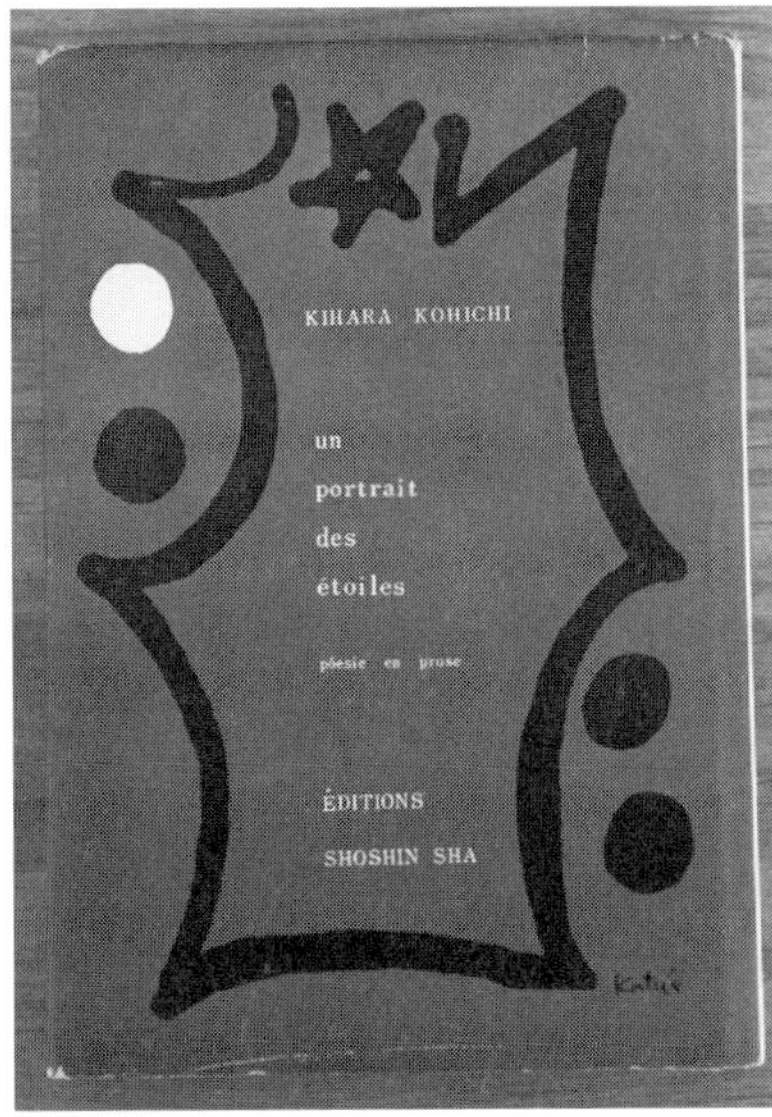

図１　『星の肖像』普及版。定価250円。

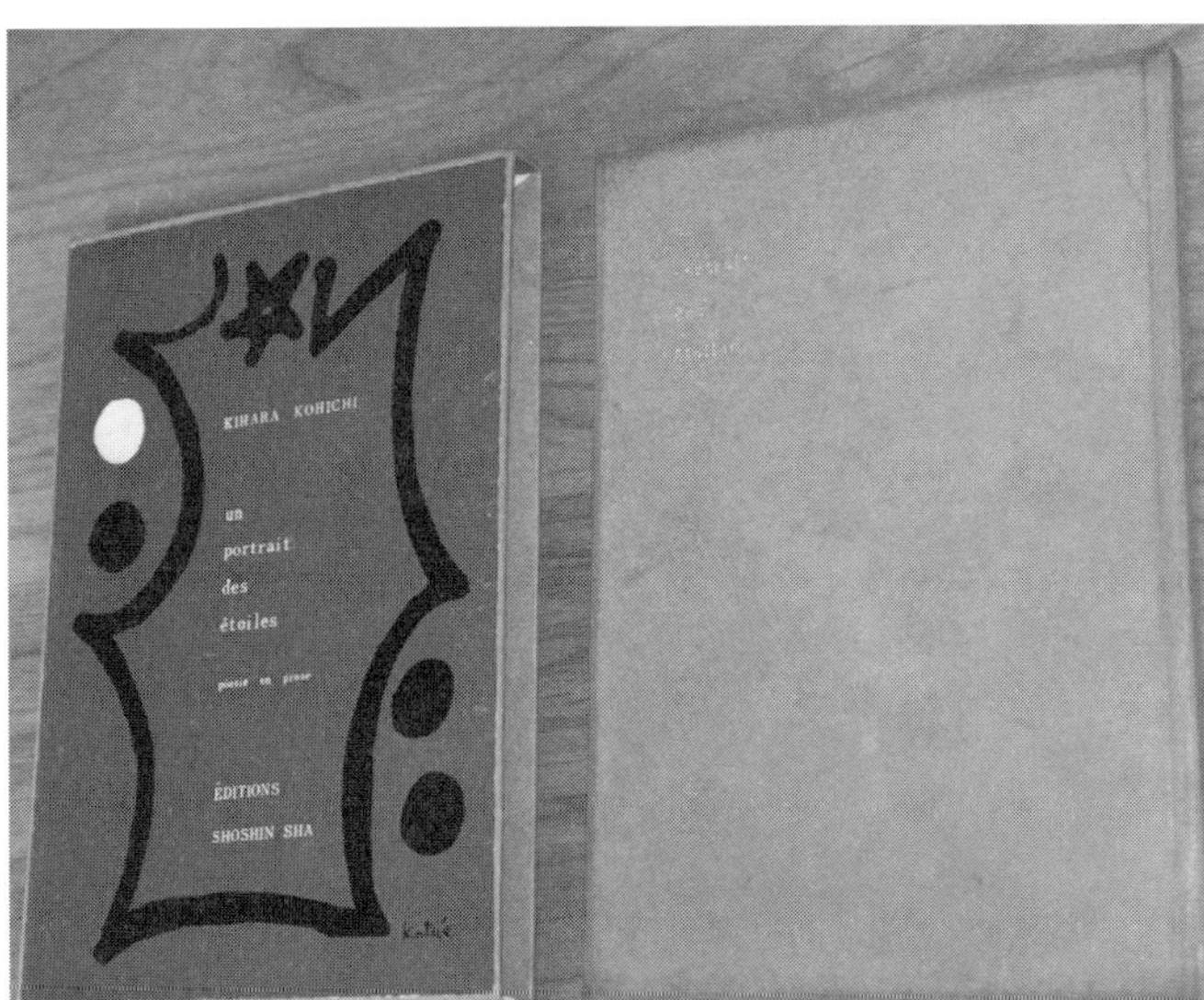

図２『星の肖像』特製限定版。定価800円。総革製で、箱が付いている。

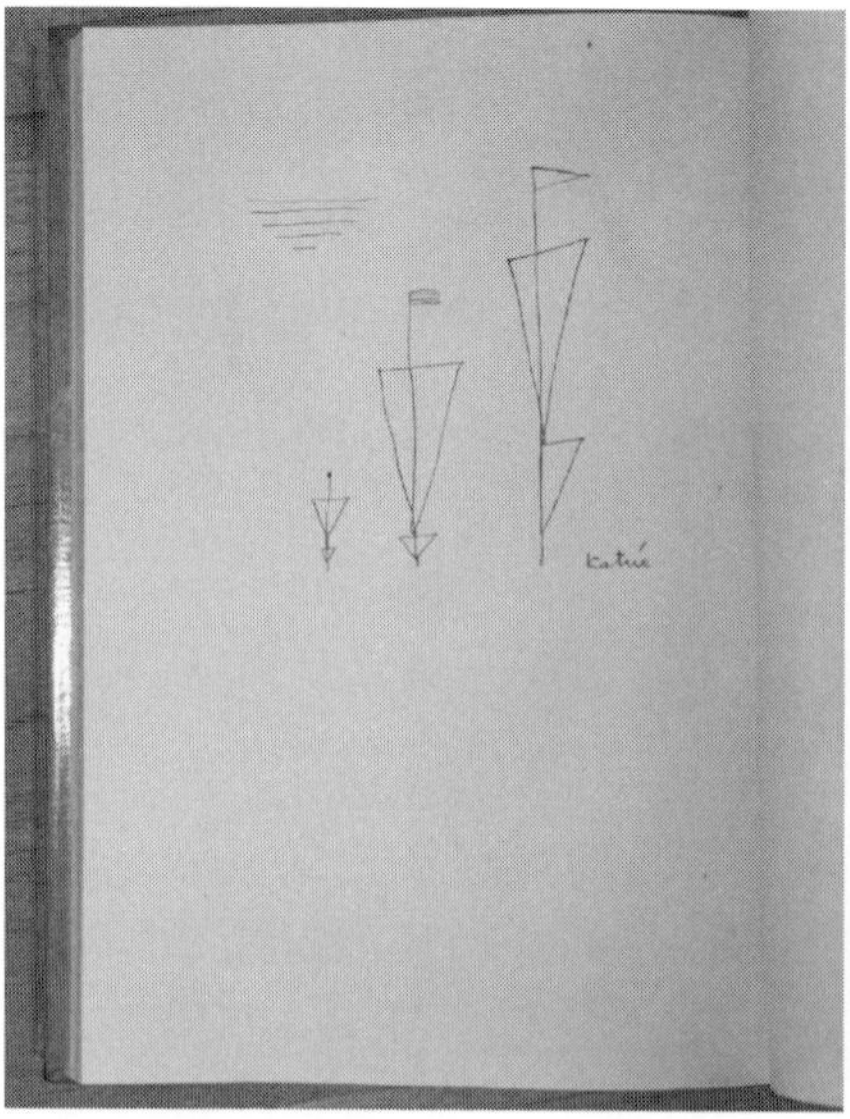

図4　北園克衛によるスケッチ。

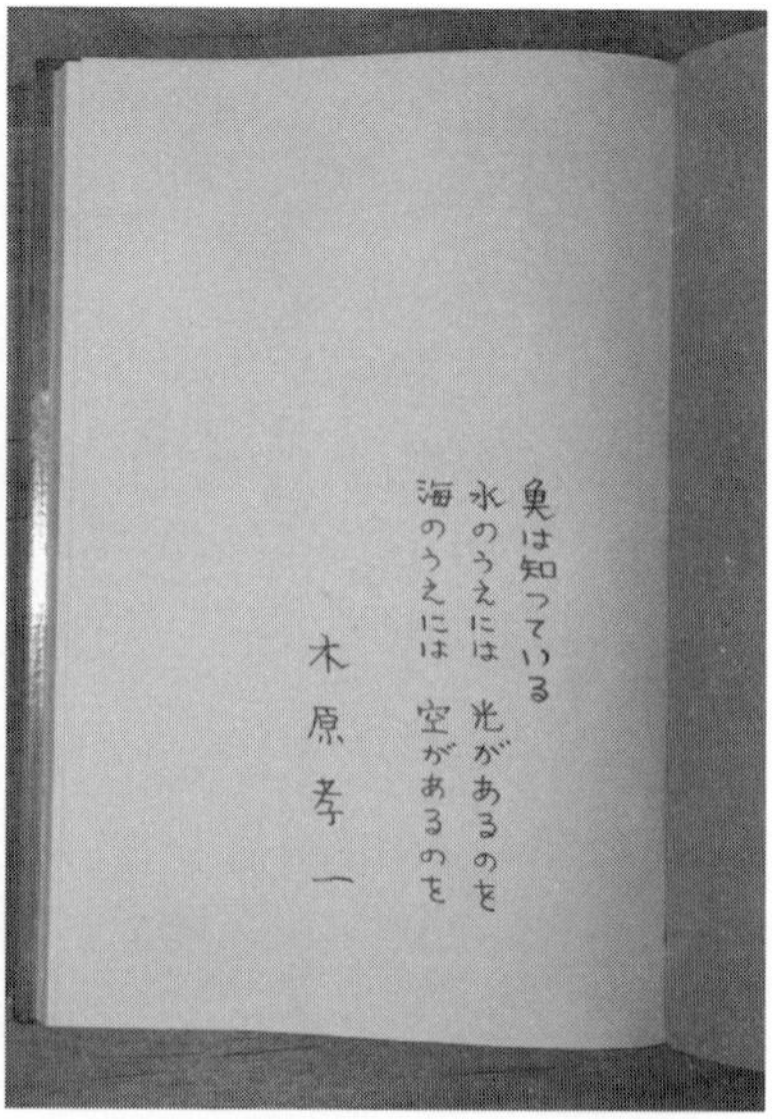

図3　木原自筆の「彼方」第一連。

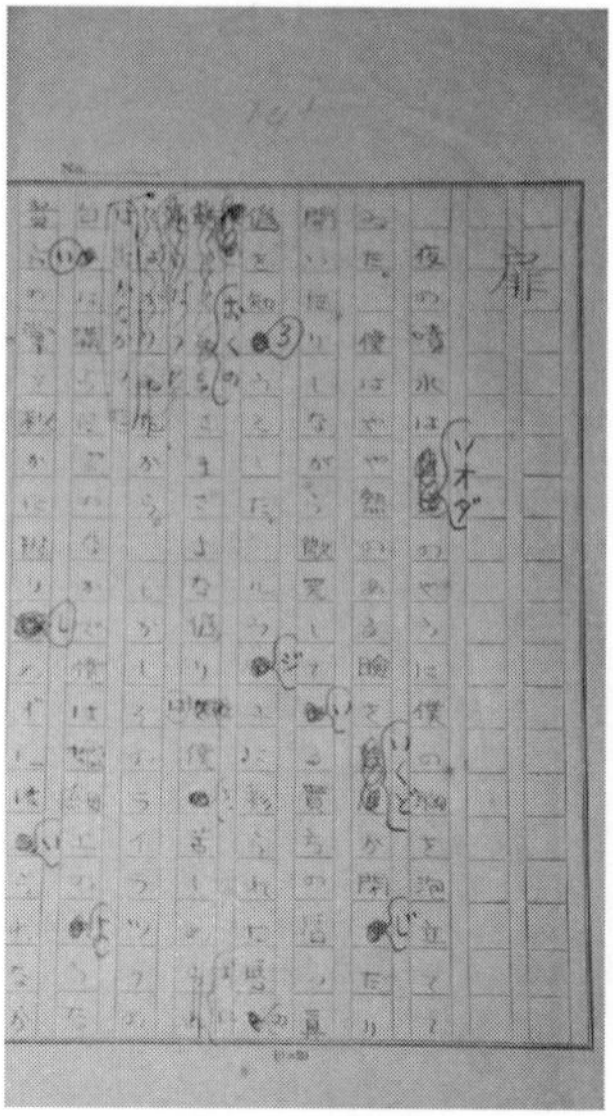

図6「扉」一頁目。

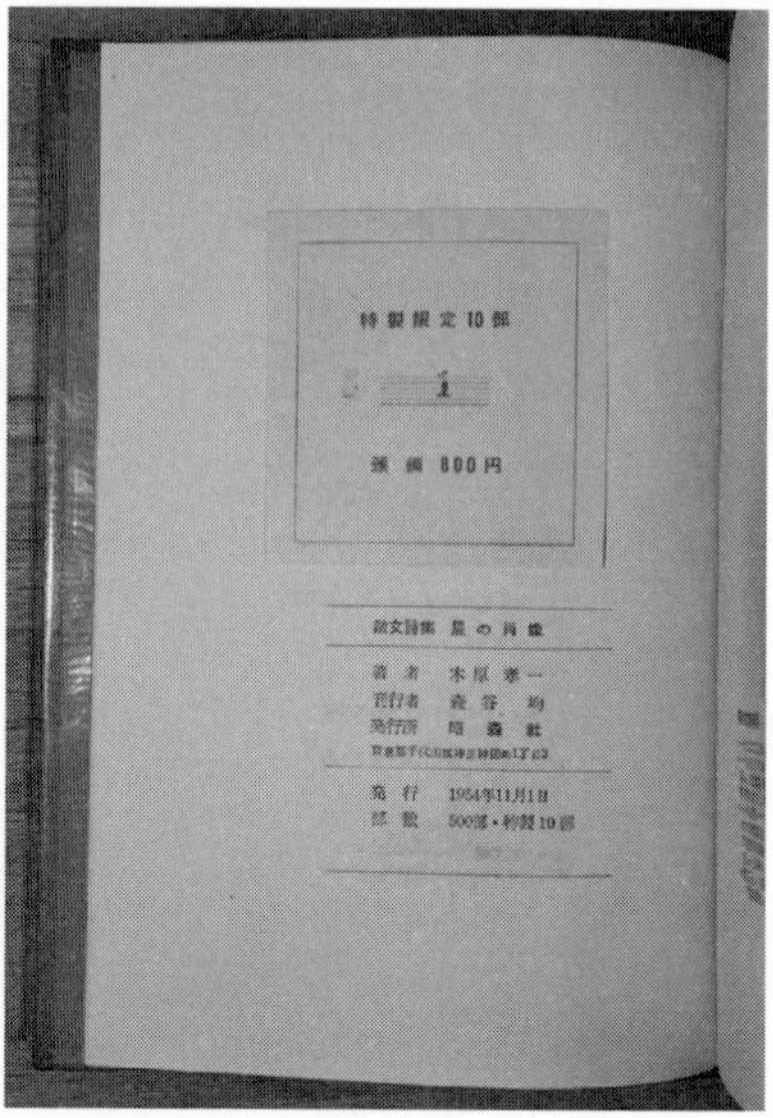

図5　奥付。限定十部の一番本。

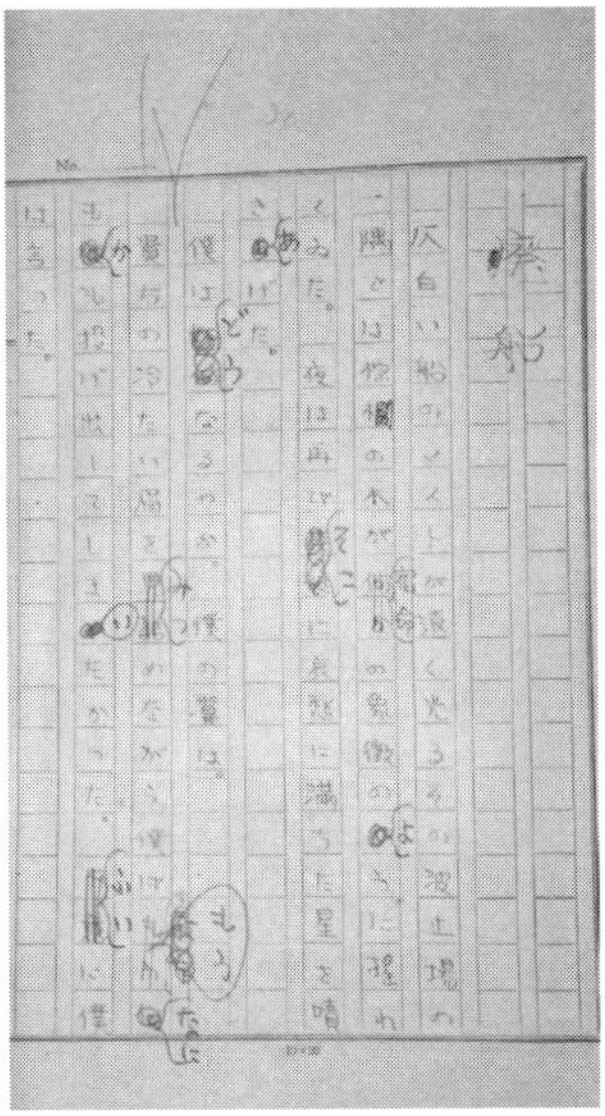
図7 「廃船」一頁目。

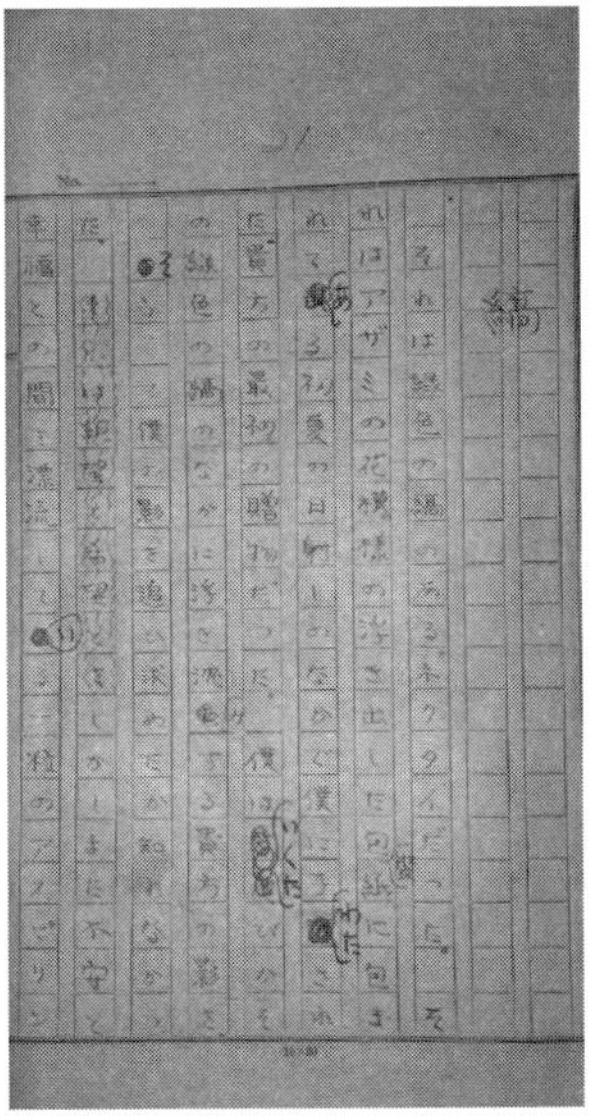
図8 「縞」一頁目。

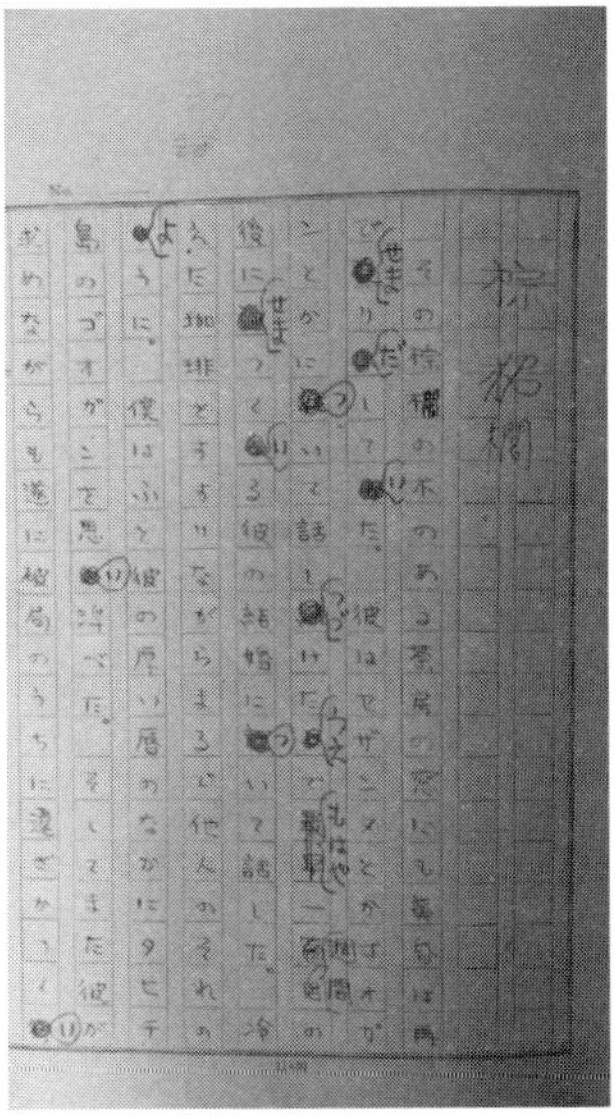
図9 「棕櫚」一頁目。

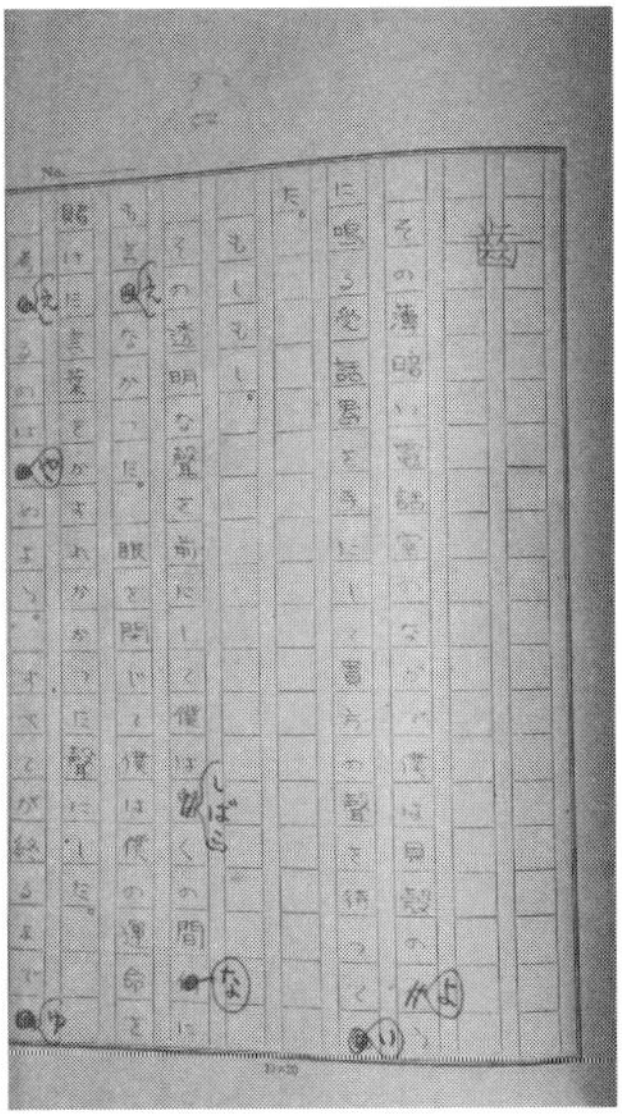
図10 「歯」一頁目。

小説　連載第二回

墓と園と植物の動き

佐藤述人

墓　2

　白丸駅を電車が出たのが午後五時二十分で、それから一度乗り換えを間違え、アパートの最寄りである練馬駅に着いたのは八時前だった。ＳＥＩＹＵに寄って、豆乳と、晩ごはん用のおにぎりとからあげとコロッケを買って、八時半過ぎに僕たちの部屋に着いた。なんとなく点けたテレビのバラエティ番組を見ながら買ってきたものを食べ、シャワーを浴び、ツイッターやらインスタやらを見ながら歯を磨いたり何やかやしていると日付が変わる。メモ帳を買っておかないといけないのを思い出し、あしたの行きに買えばいいかとも思ったが、朝はどうせばたばたして時間ないのわかっているので、玄関に出しっぱなしのクロックスを履いて近くの一〇〇円ローソンへ行く。その帰り道、アパートを見あげたら部屋の電気が消えていた。

　網を持った男は、あのあと本を封筒に入れて左手に持ち、右手で網を取って、鳥を肩に乗せたまま待合室を出ていった。それから二分くらい、ららと僕はじっとしていたのだけど、室内の雰囲気はさっきまでとずいぶん変わってしまっていたし、何より電車の時間も近づいていたから、僕たちもそこを出ることにした。だいぶ陽が傾いていた。男はホームの端に立っていた。白丸駅から続く線路はトンネルのなかへ続いている。彼はホームの端から、そのなかを覗こうとしているのかもしれなかった。網を杖にしてバランスを取り、身を乗り出してそっちを見ている。僕たちとしても彼の近くにいるの気まずいし、このあと車両がいっしょになってもいやなので、ちょうどよかった。

すぐに汗が出て、ほとんど乾いていた服の背中も、もう濡れている。ららはリュックを足もとに降ろして右手で顔を扇いでいる。長い髪が頬に張りついている。それを何度か取ろうとしているようだったが、けっきょく取れていない。自分の髪をさわってみたらひどく熱くなっていた。黒いからだと思った。

ららの立っているところ、僕の立っているところ、ずっと向こうの男の立っているところ、アスファルトはのっぺり続いている。アスファルトの上には蟻がいた。みつければみつけるほどたくさんいる。彼らはもちろん六本の脚を動かして走っているわけだが、遠くから見ると地の表面をすべって移動しているみたいに見える。近くに目をやる。僕の足もとにも蟻がいた。それは何か白い粒を咥えて運んでいた。

ほかのもっと小さい種類の蟻もいた。彼らは列を作っていた。列は待合室のうしろから続いていた。小学生のころ、国語の教科書に「ありの行列」という文が載っていた。詳しい内容はとっくに忘れてしまったけど、たしか、意志の伝達や理性的な判断ではなく、蟻はただ機械運動的に行動するのだということが、もちろん小学生用の文章なので、かなり易しく書かれていたのだったと思う。それを思って僕は、あの遠くの蟻たちも、あの行列も、すべて物理現象なのだと考えてみる。りんごが落ちたり、川が流れたり、天気が変わったり、地球がまわったり、太陽がエネルギーを発したり、そういうのと同じ物理現象なのだと。

電車が到着して、ららと僕はそれに乗った。あるいは網を持った男も同じ電車に乗ったのかもしれない。

ほかに乗客はいなかった。僕たちは並んで座席にすわった。汗で冷たいので背もたれは使わなかった。ららは深く腰かけている。彼女はキャップを取ってちょっと頭をかいたあと、リュックから本を取り出し、読み始めた。カルロ・ロヴェッリの『時間は存在しない』だった。さいきん彼女はずっとこれを読んでいる。僕も尻ポケットからカフカの『城』を取り出した。でもそれは読むためでなく、厚い文庫本をそこに入れたままではすわりにくいからだった。

アパートの部屋に戻ると、ららはもうタオルケットをかぶって布団に入っていた。僕はメモ帳をトートバッグにしまってから、もういちどかんたんにシャワーを浴び、彼女のとなりに布団を敷いて、そこに寝た。横になって目を閉じると、小さなエアコンの音と、アパートの下を行くバイクの音が縁どられる。ららがとなりで二度、寝返りをうった。息のかんじから、僕は彼女がねむっていないことをわかっていた。相手のためにも自分のためにも、互いに寝たふりをし、また相手が寝ていると思っているふりをするのが正しい振る舞いだった。これから会話を始めたりして、きょうという終わった日の続きをやらないといけないのはおっくうだから。一度聞こえだすとずっと気になるエアコンの音に意識をひっぱられて、この電気代だってばかにならないのだろうな、と思いながらも、いま勝手に止めてららに何か言われるのもいやだし、僕はより知覚を遮断して楽になるために、もぞもぞイヤホンをつけて、何でもよかったからシャッフルで曲を流している。狐火の『27才のリアル』が流れた。僕には彼の「特技」にあたるものすらない。カーテンの下にひかりが漏れている。月明りかと思ったけど、いや、どう考えても電灯のひかりだろう。

いっしょに住み始めたばかりのころ、レッサーパンダについて話したことがあった。たぬきとレッサーパンダってどう違うのか、という話題になって、尻尾の柄がしましまかそうではないかだということになり、ならばレッサーパンダのしましまの数はいくつだろうか、という話に発展した。各自のスマホで画像検索をしたが、どうも尻尾のよく見えない画像ばかりで、見えているものも写りかたによってしましまの数が違って見えた。ららは七だと言い、僕は九だと言った。

「今度、見に行こうか」

ららはいくぶん冗談っぽく、それでいて丸ごと冗談ではないような、ようすをうかがう調子で言った。

「どこにいたっけ」

僕のほうもいくぶん乗り気で、でもまだ保留のような顔で言った。当時は互いにそういう顔での会話が多かった。そこには敬意と照れと少しの緊張があった。

「そのへんの動物園にはいない?」

「あ、バナナワニ園?」

「いたっけ」

「クリーピーナッツが言ってたじゃん」

そうして僕たちは、初めは探るようにゆっくりと、でもだんだん早くはっきりと、「またはバナナワニ園のレッサーパンダ」と同時に歌った。

それ以来、僕たちのあいだにはぼんやりとバナナワニ園へ行く約束が漂い続けている。あらためてそのときのことをどちらも口にしないが、でもららも覚えていて、もちろん僕も覚えていて、相手が覚えていることを互いに意識もしている。バナナワニ園へまだ行っていない、ということが、宿題というか負い目というか、それに似たものとなって僕を捉えていたし、ららにしてもそうだっただろう。そして同時にバナナワニ園の約束が、ぎりぎりふたりを繋いでいるのかもしれなかった。

あるいは「バナナワニ園へ行っていないからまだ」というかたちで、ふたりの関係の変化、その展開を先延ばしにする口実になっている気もした。同じようにして、バナナワニ園の次にも似たような口実が現れて、その次にもまた現れて、というかんじにいつまでも先延ばしが続くのだろうか。エアコンの風が身体に直接あたる。でもいまからタオルケットを出してくるのもめんどうだからそのまま寝ている。カーテンに影ができていて、窓に虫がとまっているのがわかる。大きさから、たぶんゴキブリではないな、と思った。

仰向けになる。なんとなく、へその上で指を組んで、人差し指どうしをぶつけたりしている。目は慣れているから、かんぜんに消えた照明やその紐や、ららがふざけて貼って取れなくなったドラえもんのシールや、ところどころささくれた木の天井の質感も、それなりに見えている。角度の関係で外を走る車のライトがときどき天井に映った。大学図書館の職員といっても、僕は時給制の、ただのアルバイトだ。そしてそのほかに何をしているわけでもないし、何かあるわけでもない。つまり将来性はない。そんな僕といっしょにいる彼女もきっといろんな妥協をしている。ふたりの人生は妥協で、それがずっと続いていくと思うとおそろしくなった。僕はうまくねむれず、起き上がって、キッチンの明かりでしばらく『城』の続きを読んだ。換気扇の横にある擦りガラスの小さな窓が明るくなり始めたころにようやくねむけの兆しがやってきて、これを逃したら次はないから、急いで布団に寝そべった。翌朝はららのアラームで起き、交代でシャワーを浴びて、きのうのおにぎりのあまりを食べ、家を出た。昨晩のうちにメモ帳を買っておいてよかった。電車のなかでらからからラインがあり、「ゆずせんべいどうしたっけ」とあった。「あ」「どっかに置き忘れたかも」と返した。「そっか」と返信がきた。それには既読だけつけてそのままにした。何か気の利いたスタンプでも送りたかったけど、選んでいるうちに五分も経ってしまい、いまさらスタンプ送っても、というかんじになった。

大学の守衛所でタイムカードをカードリーダに通し、図書館へ向かう。事務室へ入り、おはようございます、と小さく言う。先に事務室にいた田中さんが、何かあいさつを返してから話しかけてくれるけど、僕はそれに対してどう返事しようかということで頭がいっぱいで、逆に言葉の内容を理解していない。田中さんは五十代くらいの女性で、首から紫の眼鏡を提げている、すてきなマダムというかんじの人だ。僕が仕事でミスするたびに助けてくれるのも彼女で、だからこそ、この人にだけはきらわれてはならないと思うと力《りき》んでしまう。

それから何人か図書館事務の人たち（全員正規の、つまり月給制の大学職員だ）が出勤してきたが、僕の仕事は受付での貸出・返却業務や、学生対応や、図書管理やら、まあそのへんの、つまり現場の仕事だけなので、デスクワークが中心の彼らといっしょに仕事することはほとんどない。だからなるべく差し障りのないように、深入りしないように、あいさつを済ます。直接いっしょに仕事をする人で、きょうのシフトに入っているのは、田中さんと、それから彼女よりちょっと若い細谷さんと安藤さんの三人だった。

僕はいつも八時間働いていて、そのあいだに一時間の休憩がある。きょうの休憩は一時から二時だった。田中さんと安藤さんと三人で、食堂で昼食をとった。

ふたりは弁当を作ってきていたので、僕だけ食券を買って食堂のそばを食べた。学生のころからよく食べている。麺が粉っぽくて、汁は甘過ぎてまずく、何より具がわかめとナルトしか入っていないのだが、それでも安く食べられるので選んでいる。

器を乗せたおぼんを持って、田中さんたちのテーブルへ行く。ふたりはもう食べ始めていて、安藤さんが、お先にいただいてますう、と語尾を伸ばすように言った。僕はうまい返事をしたかったけど何も思いつかず、しどろもどろのことを言った末に、笑ってごまかした。でもあまりにもしどろもどろだったから、笑った声もしどろもどろの一部みたいになった。

三限の講義が始まるのがちょうど一時、つまり僕たちの休憩が始まる時間と同じなのだけど、そこが空きコマなのかサボっているのか、学生たちのすがたも食堂内にちらほらある。知っている後輩がいたらいやだと思ったけど、僕は四年制大学に六年間も通ってしまったので、そんな後輩いるわけなかった。だが、仕事をしているさまを後輩に見られたくないという気持ちがとても強いので、そういうことを真剣にいつも考えていた。

田中さんと安藤さんは向かい合って、先週の金曜日に辞意を表明した総理大臣の話をしている。正確には、それをめぐるニュースのコメンテーターの発言やツイッターのトレンドの話をしていた。

総理の記者会見、その質疑応答のようすを見て、あるコメンテーター（かつて大阪の知事も務めた人気コメンテーターだ）が、政治的立場は抜きにして「お疲れさま」くらい言ったらどうなんだ、と記者たちを批判したのがことの始まりらしい。それを受けてツイッターでは、仕事ができないやつに「お疲れさま」なんて言いたくない、といった反発の声が多く見られた。田中さんや安藤さんも、そういう意見におおむね賛同しているらしかった。僕は明確に何か言うわけでもなく、自分が死んだことをわかっていない地縛霊みたいに、ふたりの会話のあいだで意味のないことをぼそぼそ言っていた。もっともこれは、こういう政治的な話題だからというのではなくて、職場（アルバイトなのに職場とか言うのはおこがましいか）での僕の調子はいつもだいたいこんなものなのだ。

実は僕は、内閣発足時にはこの政権をかなり支持していた。いつ自分が生活していけなくなるかもわからないとおびえている僕は、社会福祉をもういちど見直してまともなかたちにしてくれるという総理の言葉をそっくり鵜呑みにして期待したし、それに何より政権の目玉政策だった憲法改正（当初は自主憲法制定とまで言っていた）をやっとやってくれるのだろうと、それもよろこんだ。

しかしそんな僕でも、いまとなっては田中さんや安藤さんとほぼ同意見だ。ツイッターの炎上もよく理解できる。そのくらいどうしようもない政権だったと思う。経済改革を掲げて発足したのに、途中まではまだよかったものの、最終的には消費税を（なぜか）上げ、しかも同時に外国にお金をまわしてばかりで、けっきょく日本の経済はよくならなかった、どころかどんどん悪化していった。そうして人材がうしなわれていったら、次には外国人労働者を入れてその場しのぎの人員確保をする。もちろんそれでは技術革新も発展もないので生産性は上らない、だからますます人々の生活も不安定になる。

あげく、プライマリーバランスの黒字化という空虚で意味のない目標を掲げ続けたり、だから緊縮財政で予算確保（厳密に言えば予算確保でも何でもないのだが）をしようとしたりで、実際にやっていることはどれもこれも的外ればかりに見えた。おまけに初めはちからを入れると言っていた領土関係の問題もぜんぶ放棄していて、集団的自衛どころか自衛すらできていない始末。憲法改正にもけっきょくほとんど手をつけなかった。どこを取っても何も進んでいなかった。

けれども、それとは関係なく、ふたりの会話を聞きながら僕はだんだん気が滅入ってしまった。というのも、総理が仕事できなくて失敗ばかりだったから「お疲れさま」を言いたくないというなら、僕も仕事できないから、阿部留衣には「お疲れさま」は言いたくないな、と思われている可能性だってじゅうぶんあるだろうと気づいたからだ。そう考え始めると、もう会話の内容は理解できなくなったし、箸もまったく進まなくなった。言葉の反響するなかに身を置いて何にも繋がっていない。僕はただ、どこでもないここにすわって、過去の失敗や自分だけが気にしている失言の記憶の反芻に、身動き取れなくなっているのだった。

園　2

哲夫はだいたいいつも、海賊みたいな縞柄のTシャツを着て、応援しているわけでもない野球チームの帽子をかぶり、名前のわからない素材のズボンを履いていた。派手なベルトを締めて、ぜんまい式の腕時計をし、チョコレートの箱を財布代わりにしていた。その日もおおむね、そんな具合のかっこうだった。わたしは黒のノーカラーシャツの上にグレーのジャケットをはおり、紺のチノパンツを履いていた。眼鏡はほそい黒ぶちで、靴は深い茶色のローファーだった。大学三年生の三月。つまりいまからちょうど三年前のことだ。わたしたちは並んでバスに乗っていた。いちばんうしろの長い席の左端だ。哲夫が窓側だった。小さいころ車酔いをしやすかったから、この年になってからも窓際にすわるくせが抜けないのだ、と彼は言った。

わたしたちは同じ大学に通っていた。私立の美大だ。哲夫は油彩学科でいつも大きな油絵を描いていた。わたしは芸術文化学科というところで本ばかり読んでいた。学科は違ったものの、大学一年の四月中に、わたしたちはすでに知り合っていた。ふたりとも「哲学Ⅲ」の講義を取っていて、そこでよく近くの席にすわっていたのだ。そしてどちらもいっしょに講義を受ける友人を持っていなかった。

哲学Ⅲは、一年間かけてメルロ＝ポンティを読む、という内容の講義だった。担当の教授はまいかい数ページずつ、自分の訳した『眼と精神』の解説をした。遅刻も欠席も早退も気にしないが、講義中に音を立てるのを極端にきらう先生だった。ペン回しを失敗しただけで教室を追い出された学生もいた。

いつも最前列で熱心に話を聞いているふたりの学生がいた。のちに、片方は小説家に、もう片方は映画監督になった。小説家になったほうは、いまでもなかなか良いものを書いているし、映画監督のほうはもっと良い映画を撮っている。が、当時のわたしたちはもちろんそんな将来のこと知る由もないし、だいたいがふたりをばかにしていた。いや、ふたりをばかにすることを支えにして、本当は自分たちをばかにしていたのかもしれない。それは逆説的に自分たちがばかだということから目を背ける態度だった気もする。とにかく、そういう態度において、よくもわるくも哲夫とわたしは気が合った。

わたしたちは大学校舎十二号館の半地下広場（学生たちからは十二下《じゅうにした》と呼ばれていた）でまいにちのように陽が暮れるまで話した。アントニ・ガウディの建築について話したこともあったし、マリオカートの好きなカスタムについて話したこともあったし、上田岳弘の小説について話したこともあった。十二号館の六階には、さっき言った哲学Ⅲの先生の研究室があったから、たまに彼も十二下にやってきた。そこの自動販売機を使っていたのだ。彼はなぜかわたしたちの顔を覚えていて、たびたび話しかけてくれた。学年が上がって、彼の講義を受けなくなっても、それは変わらなかった。

哲夫はセザンヌやクレーについて先生に質問をし、わたしはそのさまを見ていた。ピーター・ドイグの話をしていたこともあった。彼はドイグの『ロードハウス』という絵を話題にし、『天の川』でのドイグの水面の使いかた、つまり水に映った世界こそ鮮明に描くことで現実と虚構を反転させる手法を思えば、『ロードハウス』のトリプティックによる不自然にきれいな空は、ドイグにとってはむしろ虚構で、水面に映った赤い空をこそ現実として描いているのではないか、と語っていた。先生はそれに対し、ぼくにはあの家は燃えているように見える、と言った。そして、現実と乖離した空より家と地続きの水面だな、と続けた。わたしには何のことを言っているのかさっぱりわからなかった。わからなかったが、その会話をなぜかいまでもとてもはっきり覚えている。わたしの好きなシニャックやスーラの話をしていたこともあったはずなのに、それよりもずっとはっきりと。

陽が暮れると外へ出て、いつも大学前のバス停へ向かった。西武線の最寄りの駅（鷹の台駅だ）へ行くには、そこからバスに乗るか、玉川上水のわきを二十分近く歩くかしかなかった。そういうわけだからこの日も、ふたりは、並んでバスのうしろの席にすわっていたのだ。

「高校の校歌って覚えてる？」

哲夫は窓の外を見たまま言った。制服を着た高校生たちが歩道を歩いていた。女の子たちは緑色のスカートを履き、男の子たちは金の縞が入ったネクタイを締めていた。大きな私立の中学と高校が近くにある。

覚えていない、とわたしは答えた。答えながら、久しぶりに高校時代について考えたからか、そのころ読んだ小説の表紙をいくつか思い浮かべている。ヘッセ、サリンジャー、庄司薫……

「おれの通ってた高校、校則なかったんだよ」

そこでバスは停車し、何人かの客が乗り込んできて、わたしのとなりにはちょっと太った男がすわった。彼はなんだか緊張しているようだった。すわりやすいように少し哲夫のほうに寄ると、あ、すみません、と小さな声で言った。小さいが、やけにはっきりした言いかただった。そういうかんじに話す人っている。

「比喩的な意味ではなくて」バスが出発し、あたらめて哲夫が話し始めている。「文字どおり校則がないんだよ」

文字どおり明文化されていないのね、と言ったら哲夫は少し笑った。彼はちょっと上を向いて、くちびるの右端だけをほんのわずかに動かしながら、声を出さずに笑うことがあった。その笑いかただった。

「でも本当に、だいいち、生徒手帳というものがなかった」

「じゃあどんなかっこうで登校してもよかったの？」

「なんでもありだった」

「入れ墨は？」

「入れ墨も別によかったんじゃないかな」と彼はしばらく考えてから答えた。「だって校則がないんだから」

彼が卒業したのは板橋区に古くからある高校だった。昭和の初めに東京府立中学として創立して、それからずっと（もちろん、いまでは都立高校ということになるのだが）存続している。校則がないから、あたりまえだけど髪色や座席の指定もないし、制服もなかった。わたしの出身高校は、男子はブレザーで女子はセーラー服という、谷川流の小説みたいな組み合わせの制服を三年間着ないといけないところだったから、思えばふたりはずいぶん違う環境で育ったのだといえる。そのことを哲夫の生前に意識することはなかったけど。

「校歌にね、〈われら自由の乾坤《けんこん》にまことの道をふみわけん〉って歌詞があって。それが好きだった」

「乾坤って何？」

「いや、それはおれもわかんないわ」

哲夫はこっちを見て笑った。降りるバス停が近づいて、わたしは手すりにあるボタンを押している。音が鳴って、「次、止まります」という録音のアナウンスが流れた。となりの太った男は体勢を変えてすわり直し、窓の外に目をやったあと、まわりの座席を見まわしている。

「でもこれね、自由ってのは新たな道を作ることではないんだ、と、そういうことを言ってるんだと思う」

「新たな道なんてわがままと変わらないからね」とわたしは答えた。「特に、高校生相手ならなおさらか」

「新しい道をむやみに作るのが自由ではない、ほんとの自由というのは〈まことの道〉を踏み分けるためにこそある、みたいな」

「むしろ、ほんとの自由によってしか〈まことの道〉は踏み分けられない」

校則の書かれた生徒手帳では〈まことの道〉は踏み分けられないからね、と言い、さすがにきざだと思ったのか、哲夫は照れたように微笑んだ。わたしも笑っている。でも笑いながらわたしは、たしかにそのとおりだと本気で思っていた。わがままと区別のつかない自由と校則の書かれた生徒手帳は、対極にあるように見えて、ほんとの自由と隔たっている意味において、実は同じものなのかもしれない。

窓の向こうには小さな公園が見える。手前に切株を模した水道の蛇口があり、奥には藤棚があった。哲夫は続けて、その校歌が、〈時世の色はうつろへど柊の葉はみどりなり〉という言葉で終わるのだという話を、また、それは実際にいまでも敷地内に生えている柊の木のことを言っているのだという話をした。となりを立って別の座席に移動した太った男を目で追いながら、わたしは話を聞き続けた。

哲夫によれば、〈柊の葉はみどりなり〉という歌詞にはふたつの意味があるのだということだった。まずひとつには、紅葉をしない柊の葉の自由を歌っているのだと。季節に合わせて変えられるという意味の自由なんて本物ではないと。どんな季節であっても変わらない真実、〈まことの道〉に立脚するのが柊の自由なのだと彼は言った。

また、もうひとつには、東京大空襲のなか燃え残って、創立当初から今日まで同じ色の葉を茂らせ続けている柊の葉の自由を歌っているのだということだった。戦争も戦後も復興も発展も、それらはわれわれが共同に幻想した物語に過ぎない。人工的に作られた大義でしかない。そんな戯れのなかに甘んじず、視点も人称も主義もない、固定されず閉じられない、すべての区切りを超え、まさに「世界は身体と同じ生地で仕立てられている」※というときの生地そのものへと開かれたものこそが柊の自由なのだと。

わたしはそれに対して何か言いたかったが、降りるバス停に到着したため、タイミングを逃してしまった。いま思えば、このときわたしは、哲夫と柊の自由について話すタイミングを永遠に逃したのだった。降りしなにわたしたちはふたりで太った男に礼を言った。彼は顔の前で手を振って微笑みながら顔を背けた。

三月という月には、やけに寒い日とやけに暑い日のどちらかしかない。その日は寒いほうだった。ズボンのポケットに手を突っ込んで歩いた。そうして駅前の中華料理屋に入った。ふたりがけのテーブルが四つとカウンター席しかない、小さな店だ。わたしたちは帰りによくここに寄った。いちばん奥から二番目の、脚が欠けてガタついている椅子にすわった。いつもの席だった。哲夫は醤油ラーメンを、わたしは辛玉チャーハンを注文する。これもいつものことだった。

カウンターの向こうから、チャーハンを炒める音と、麺を茹でる湯の沸騰する音が聞こえている。哲夫は尻の下に左手を敷いてすわっている。わたしはその向かいでテーブルにひじをつき、両腕を重ねている。出された水をひとくち飲んで、おれ、もし自殺するとしたら、大悟には個人的に遺書というか手紙というか、そういうのを残すよ、と哲夫が言った。修学旅行の夜に消灯した部屋で発せられる言葉のような言いかただった。それに対して、突拍子もないことをいきなり言われたという印象を、なぜかまったく受けなかったことをよく覚えている。

「わたしもそうすると思うよ」

少しの沈黙のあとでそう返事すると、大悟は死なない、と彼は言った。窓に水滴のあたる音が聞こえて、雨が降り始めたのだとわかった。座席のすぐ横に窓があった。その木枠にほこりが溜まっていて、鍵のところに小さなタイルシールが貼ってあった。外のひかりの関係で、擦りガラスは全面が均等に青っぽく見えた。降ってきた、とつぶやいたら、傘持ってねえや、と哲夫は言った。しかしそれはわたしに言ったのではなかったし、なんというか、傘を持っていないという内容を表すための言葉ですらなかった。少なくともそう感じた。わたしはなんだか不安になって、重ねていた腕を解き、両手のひらをテーブルの上に置いた。そうして右手の小指から順に折り曲げていき、親指までいったら左手の指を曲げ、というのを繰り返した。もしかしたらこのくせはこのときに始まったのかもしれない。そんな気もする。

けっきょく、哲夫はその半年後に、遺書も手紙も残さないで死んだ。彼は親にも飼い猫にも何も残さなかった。彼が残したのは新しい死体だけだった。あとから聞いたのだけど、現場ではサディスティック・ミカ・バンドの『タイムマシンにおねがい』が繰り返し流れていたらしい。それをBGMに死んだわけだ。そう聞いたときにはなんだか似合わないBGMを選んだなと思ったが、三年経ったいまではその選曲の気持ちもわかるというか、むしろちょうどいい歌だったようにも思えている。

葬式があるからと、江古田の葬儀場に呼ばれた電話口で、初めて哲夫の父親の声を聞いた。哲夫が死んだのを知ったのもそのときだった。夏季休暇中だったし、わたしを含めただれもが、数日のあいだ彼の死に気づかずいたのだ。ご愁傷さまです、という言葉を、わたしは初めて使った。使いかたが合っていたかはわからない。何ごとも初めからうまくできる人はいない。

彼は息子の通話履歴から推測して親しかったらしい人

に連絡を入れているのだと言った。親しかったのかと訊かれ、少なくともわたしはそう思っています、と答えた。葬式にきたのは、その父親と、わたしと哲学Ⅲの先生だけだった。控室の小さなテーブルを三人で囲んですわった。先生は小さく、あれはいい絵を描く人だったね、と言った。

その言いかたと線香のにおいを思い出しながら山道を歩いている。もう四時間近く歩き続けていて、だいぶ陽も傾いてきたが、教会にたどり着く気配はいっこうになかった。倒木を跨ぎ、足場のわるい岩地を避けながら、湿った土を踏んで進む。カラダがあたたまってきてジャケットの前を開けている。右手でビジネスバッグを持ち、左手はズボンのポケットに入れている。喉が渇いたら太めの木に寄りかかってペットボトルの水を飲んだ。残しておいてよかった。

もうここからは尖塔も見えない。わたしはかんぜんに、教会の方向も、駅の方向も、見うしなっていた。グーグルマップもうまく繫がらない。たまに空き缶やコンビニ袋が落ちているから、まったく人のこないところというわけでもないのだろうと思ったが、あるいは頭のいい熊か何かがふもとから持ってきているのかもしれないとも考えられた。いずれにしても山に入ってからはいちども人を見かけていない。あのタクシー運転手をさいごに、だれにも会っていない。そしていまのわたしには、たどり着けない教会やひろすぎる森よりも、人々の生活の歴史のほうが不自然なもののように思えてもいる。

そんなわたしが山のなかに初めて大きな人工物を発見したのは、さらに一時間以上経ってからだった。あたりの明かりは限りなく弱くなっていて、うっすらとすべてのものが、等しく見えにくくなりつつあった。こうなってしまうと真暗になるのもすぐだ。わたしはまたバッグから水を取り出してそれを飲んでいた。飲みながら、足もとの感触がさっきまでと違うことに気づいている。土の下に硬い抵抗を感じる。革靴の底であたりを掘ってみるとアスファルトの地面が現れた。道のようだった。たどっていくと、比較的明るい、開けたところに出た。コンクリートでできた、ちょっとした台になっているところがあって、その上は鉄柵に囲まれていた。柵のなかにはビニールハウスが三つ並んでいる。が、どれもほとんど骨組みしか残っていないようなありさまで、とうてい使われているとは思えなかった。わたしはそこに登ってみた。遠くに、夕陽が沈んでいくのが見えた。太陽の輪郭を目視できたわけではないのだけど、そのひかりを感じ取ることはできた。振り向くと反対側には月が出ている。まだ群青の空のなかで、月は居心地わるそうに浮かんでいる。わたしはあれが巨大な岩なのだということを意識していた。とてつもなく大きな岩が、あそこに不自然に浮いていて、それをこの目ではっきりと見ることができている。そのことがなんだか現実離れしているように思えた。

冷たい風が吹き始めている。薄く汗をかいたカラダに、それはよりするどく感じられた。ビジネスバッグをとなりに置いて台の縁に腰かけている。眼鏡を外し、ジャケットの内ポケットから出した眼鏡拭きでそのレンズを拭く。あしたは仕事だし、だからきょう中に帰らないといけない。食べ物だってないし、水もそろそろなくなるし、スマホの充電もあと十二パーセントしかない。何よりゆっくり部屋のベッドで寝たかった。着ているものをすべてクリーニングに出し、時間をかけて靴を磨き、熱い風呂に入って汗と疲れをすべて流してから、自分のにおいのする枕でねむりたかった。立って歩き始めようと思ったが、どちらへ向かえばいいのかわからない。

台を降りて、そのまわりをぐるっと一周してみることにした。遠くから鳥の声が聞こえた。バッグを置きっぱなしにしていたが、まさか盗られることもあるまい。だって人がいないのだから。

すわっていたのと反対側の壁に苔が生えていた。別におかしなことではないが、しかしほかのどの壁にも苔はなくて、ただそこにだけ生えていたので気になった。陽あたりの関係とかでそういうこともあるのかもしれない。が、今度はカタチが気になりだしている。くすんだコンクリートの面に、真緑の分厚い苔が、いびつに茂っている。わたしはなぜだか、そのカタチから目を離すことができなくなっている。面の上の大きな像を前に、空間を挟んで、立ち尽くしている。それは哲夫の絵を見ているときの状態に似ていた。

わたしはいちどビジネスバッグを取りに戻って、また苔のところへ走ってきた。ペットボトルの水をひとくち飲んでから、スマホを取り出し、コンクリートの面を写真に撮ってみる。写された画像と実物を見比べている。何度も交互に見るうちに、実物のほうだけ、具体的な輪郭と意味を帯び始める。生きているイマージュがわたしの認識と噛み合ったとき、それが二頭の動物なのだと思った。二頭は別の種だが、しかし同時に隔てることもできず、知覚と行動のように、吸気と呼気のように、ひと繋ぎのものだった。何の動物だろうか、とわたしは考える。片方は大きく、力と、ほかの物質への影響力を持っている。もう片方は一方にくらべると小さいが、知能と、認識のための思考力を持っている。それは一対の獅子と猿だった。

風がさらに冷たくなって霧雨があたりを包み始めていた。髪がだんだん湿ってくる。ジャケットの表面にこまかい水滴がついている。眼鏡にも水滴がつくので、わたしは何度もそれを外し、眼鏡拭きを取り出して、拭かなければならなかった。それが面倒になるとジャケットの袖で拭いた。

湿気のせいなのか、苔は次第に、より濃くはっきりとしたものになっていった。さらには、ほかの岩や太い木にも苔が生えているのを発見できるようになった。獅子と猿の苔だった。わたしはそれらを辿るようにして歩き始めている。自分がどこを歩いているのかはわからなかったけど、不思議と不安はなかった。バスの排ガスのにおいや、玉川上水の水っぽいにおいや、十二下のにおいや、線香のにおいや、きのうのホテルのにおいや、ほかにも知っているいろんなにおいがまだらにやってきては、近くを通り過ぎていた。そうしてわたしは獅子と猿の石像を発見している。

獅子の像はわたしの身長と同じくらいの高さだった。全体的に丸く、表面の削りかたによる模様のあんばいで毛並みが表現されている。口は閉じているが、その隙間から牙がはみ出ている。大きな四つの足はすべて地面につけられている。尾も毛並みと同じように表面のおうとつで表現されていた。一方、猿の像はむしろ細部が丁寧に作りこまれている。指の曲がり具合や、背骨の角度、くちびるの突き出かたまで、繊細に形作られている。しかし獅子の像にくらべてかなり小さく、わたしの腰の高さほどもなかった。

数メートルの間隔をあけたままそれらを観察していた。まさか動き出すと思ったわけではないが、でもなんだかむやみに近づきがたかった。

像のまわりは採石場のようだった。いつの間にかひろい採石場にきていたのだ。削られた石の壁や地面の具合が、神殿の内部みたいになっている。それはまるで、そのカタチを目指して削られたとしか思えないような、きれいな建造物だった。高く切り立った石壁の上の向こうに、遠く、小さく、風力発電機が見えた。発電機はざっと数えただけでも十本以上は立っていた。ここから見えていないだけで、さらにもっとずっとたくさんの発電機があることが容易に想像できた。どこまでもどこまでも風力発電機が生えた森のような場所が、あそこにはある、と想像できた。

雨がひどくなってきて、わたしは石壁のくぼみに入っている。急に変わった天候をそこでやり過ごそうと思った。振り返ると、獅子と猿は雨に打たれ、色が濃くなっていた。膨らんでいるようにも見えた。

ちょっとしたくぼみだと思っていたのだが入ってみるとずいぶん深く掘られている。雨は強まる一方だし、やることもないから壁の奥へ進んでみることにした。風の音が遠ざかり、雨の音も遠ざかり、やがて何も聞こえなくなった。自分の足音すら聞こえなかった。

くぼみのなかはどこまで行っても一定のひろさに保たれていた。が、それを確認するには両手をひろげたり足を振り回したりしなくてはならなかった。ひかりはまったく届かず、ほぼ完全の闇だったのだ。自分が目を開けているのか閉じているのかもわからないほどの闇だった。だからそこを抜けたとき、しばらくのあいだ、あたりの明るさに目を慣らす必要があった。すでに月もじゅうぶんに居場所を確保している時刻だったが、それでも慣れるまでにあるていどの時間を要した。

抜けた先は駅だった。数時間前にタクシーを降りた駅だ。ちょうど電車がきている。そこは忘れられた駅でも建設が頓挫した駅でもなかった。時間どおりに電車が到着していて、それに乗ることができたし、電子マネーで乗車賃を払うこともできた。

※モーリス・メルロ＝ポンティ『眼と精神』(引用箇所は富松保文訳『メルロ＝ポンティ『眼と精神』を読む』二〇一五年、武蔵野美術大学出版局　七十三頁)

読むほどに満ちる部屋①

学ぶこと、逃げること

『エデュケーション　大学は私の人生を変えた』
（タラ・ウェストーバー／著　村井理子／訳　早川書房）

麦田あつこ

子どもの頃から、読書だけは好きな子どもだった。

二十代でわたしを産んだ母は、子どもには放っておかれる時間が必要、と考える人だったので、わたしは、あれこれ口出しされることなく、たっぷりとした時間を持て余し、退屈を相棒に、へんてこな遊びを考えては、よく一人で実行していた。庭のトマトにふしぎな音楽を聞かせて、成長の度合いを観察したり、自分で書いた手紙を自分で郵便受けに入れ、はじめて受け取った人の気持ちで読んでみたり、「すかちゃん」という犬が主人公のおはなしを、一話だけ考えてすぐに飽きたり、まあ、そんな風なこと。

神さまごっこも、よくやった。これは、当時のわたしのお気に入りの一人遊び。庭の蟻をつかまえて、水をはったバケツに落としてかき回す。バケツの中でぐるぐる回る気の毒な蟻を、神の視点でしばし眺め、それからおもむろに救いの葉っぱを差しだす。慌ててしがみついてきた蟻をおごそかに救済し、陽当たりのよい場所に葉っぱごと移動して、「さあ、いきなさい」と、解放する。乾いた土の上を小走りに逃げていく蟻を、再び、慈愛に満ちた神のまなざしで見送る……という遊び。言う

までもなく、馬鹿で残酷な子どもだった。

　家は駅から歩いて三十分程のところにあり、近所には友だちもいなかった。一人っ子だったので、日曜の朝などは、数少ない友だちの家に、手当たり次第に「今からあそばない？」と電話をかけて、「きょうはあそべない」と、よく断られていた。母は、そんなわたしの姿を見ていたのか、見ていないのか、あるいは、子どもの世界なんてそんなものだろうと思っていたのか、今となってはわからないが、別段焦ることもなく、そのままのんきに放っておかれた。これが功を奏して、わたしは、無限に広がる一人の時間を、いつまでも楽しんでいられる性質を身につけた。小さな頃から一人に慣れ親しんできたことで、孤独は、わたしのいちばんの友だちとなり、孤独がわたしの友だちである以上、寂しさに押しつぶされることも、孤立することに、焦りや恥ずかしさを感じることもない。幼い頃はとくに意識したことはなかったが、ある程度の年齢になると、これはたいしたプレゼントだったということに気づく。

　育児奮闘中の忙しい親御さんが、この原稿を読むことはまずないだろうけれど、それでも万が一のために、わたしは書いておこうかしら、と思う。一人っ子が、ぽつんと所在なさげにしている時間は、もしかしたら、将来を幸福に生きていくための素養を育む、恵みの時間であるかもしれない。だから、放っておくのも手かもしれない、ということや、マイペースな一人っ子の友だちというものは、そのうちに、ぽつぽつと、親の与り知らないところで自然とできていくものなのだ、ということも。

「孤独」という友だちを得たわたしと、次に仲良くなってくれたのは「読書」だった。

　わたしの育った家の前は保存林で、玄関を出ると、道をはさんですぐに森への入り口がある。基本的に毎日暇なので、よく一人で森のなかを歩き回っていた。それにも飽きると本を読んだ。本は、気さくで親しみやすく、どんなときでもわたしを迎え入れ、気前よく様々な世界の冒険に連れ出してくれた。ぴったりと親密にわたしに寄り添う読書の気配は、全身を守られているようで心地よく、からだごとすっぽり本の世界に入り込んで、物語に没頭することができた。あの幼年時代の読書体験は、親が間接的にわたしにくれた、人生における最高の贈り物であったと思う。

昔からわたしは、読書を小部屋のイメージに重ねることが好きだ。

わたししか入ることのできないその小部屋は、よい本を読めば読むほどに、居心地よく洗練されていく。テーブルは磨きこまれ、ソファはやわらかく上等に。チャーミングな小説を読んだ後は、小部屋の窓辺になんともいえないオブジェが飾られ、胸を打つ書物に出会うと、小部屋の窓から見える木々は生い茂り、心地のよい風が吹く。「文芸時評のようなものを」と、連載のお話をいただいた時、わたしの小部屋を満たしてくれた本について書けたらいいな、と考えた。わたしのような人間には、批評はできない。読み解きもできない。ただ、わたしの内部に昔から存在するあの小部屋を、心地よく満たしてくれた本について、その本の何が部屋に豊かさをもたらしたのかを、ぼんやりとでも模索しながら、書き綴っていけたらと思う。「読むほどに満ちる部屋」というタイトルをつけたのは、そんな理由から。

＊

長らく「教育」という言葉は、わたしとは無縁の、遠い隔たりを感じる言葉だった。

人から教えてもらうばかりで、わたしが誰かに教えられることなど、はっきり言って皆無である。編集者としての依頼メールの書き方も、確定申告のやり方も、中年の髪の手入れも、毎回余らせてしまうナンプラーを使い切るレシピも、オンライン会議ツールの使い方も、子どものスイミングスクールの情報も、人としてのタブーや最低限の礼儀も。何もかも、全部人から教えてもらって、ぎりぎり今までやってきた。鈍いなりに、成長の必要性は常に感じているし、知への憧れはある。だから「勉強」は、掌でころんと転がすことができる、存在感のある身近な言葉。けれども「教育」は、同じ教室にいても決して交わることのない秀才のクラスメイトのように、よそよそしい響きをもった、自分の外にある言葉だった。不謹慎で怠惰なわたしは、「教育」という言葉の方からも、距離を置かれ、避けられているようにも感じていた。そんな風だったから、ましてや自分が「教育」に興味を持ち、まがりなりにも教育めいたことをするなんて、若い頃には微塵も想像していなかった。しかし今では「教育」は、わたしの興味を引きつけてやまない言葉で、より深く知りたいと、つよく心惹かれる分野だ。いつのまにか「教育」は、この不安定な世の中で、希望と可能性をなみなみと湛え、わたしを先導する、確かな輪郭をもった言葉へと変化した。

＊

「教育」とわたしの間にあった隔たりを、最初に近づけてくれたのは、かがくいさんだ。

ミリオンセラーとなった赤ちゃん絵本『だるまさんが』の作者、かがくいひろしさんは、二十八年間、特別支援学級で子どもたちを教えてきた教育者でもあった。かがくいさんは、こちらの緊張をふわっと解く、あの温かい眼差しで相手をよく見ていて、その人の可能性の扉を、軽やかにひらいていくようなところがあった。教え導くというよりは、自分も一緒にたのしんで並走しながら、ふとした瞬間に、ひゅっと自然にその人の扉をひらく。思わず登ってみたくなるような魅力的な足場を組んで待っていて、好奇心をのぞかせた生徒が、その足場を見事に渡りこなすのを見て、「ほーら、できた」と一緒になって笑いあう。生徒が自ら、自分の世界を広げる瞬間に立ち会って、「すごい、すごい」と喜びあう。絵本作家としてだけでなく、教育者としてのかがくいさんの側面を知り、「教育」というものは、教育する側が一段高い場所から、持たざる者に知識を授け、定められた方向に導くもの、という固定観念がまず壊れた。息苦しさ、堅苦しさの殻が取り払われ、「教育」という言葉のもつ本来の魅力に、意識を向けることができるようになった。

もうひとつのきっかけは、わたしが母親になったことだ。親になったら、子どもの教育に向き合わざるを得ない。ただ、この時点で「教育」は、指導や矯正という意味合いよりもむしろ、相手の可能性を広げる手助けをすること、また、最終的には本人が、自力で自由を獲得することをエンパワメントする行為でもある、という認識が自分の中に芽生えていた。ひとたび警戒をといて向き合えば、「教育」は、惜しみなく生きる手助けをしてくれる、どこまでも誠実で温かな響きを、その奥に秘めた言葉なのだった。それに、なんのことはない。子どもに、機会をそれとなく提供し、失敗や成功の瞬間に立ち会って、それを一緒に残念がったり、喜び合ったりすることも立派な教育なのだと、ある時気づいた。言ってしまえば、不完全なわたしのどうしようもない部分をさらけだすことも、広い意味での教育だ。なんだ、それなら、わたしにもできるじゃない。なんなら結構好きかもよと、肩の力がぬけた。わたしは、人がその人の道を歩みはじめたり、何かに夢中になる瞬間を、傍観者としてそっと眺めることに、無上の喜びを感じる人間でもあるのだ。

そんな変遷を経て、おっかなびっくり「教育」との行き来をはじめたわたしに、ある時、勇気をくれたのも、やはり「教育」だった。フリーの編集者になってすぐ、「非常勤講師として大学で一コマ講義を担当しませんか」というお話をいただいた。「無理無理」と怖気づくわたしに、「一方的に教えるのではなく、互いに学び合えばよいのだ。むしろ、お前のような人間こそやるべきだ。やりなさい」と、「教育」はおごそかに、しかし力づよく背中を押してくれた。

「生きている限り、人は学びつづける必要がある。とくにお前のように、すぐに世界のあれこれに怯えて慌てるタイプの人間は、学ぶことで精神の均衡を保つしかない。怠惰で小心者のお前が学びつづけるためには、教える立場に立つことは有効だ。学びあう生徒と責任を得ることで、逃げることなく、学びつづける環境に自らを留め置くことができるはずだ」と。

ひと昔前のわたしだったら、こんな大それた橋は渡らない。好きな言葉は「身の丈」と「平穏」だし、畏れ多いやら失敗するのもこわいやらで、がたがたと引き返す。ただ、この時すでに「教育」は、「孤独」や「読書」と同じく、わたしの人生を豊かに彩ってくれる友だちの一人になっていたし、その揺るぎない言葉には、わたしを導き、守ってくれようとする確かな響きが感じられた。それで、わたしは思い切って申し出を受け、昨年の秋から、大学で一コマ授業を担当することになった。

毎週水曜日の一限、朝九時から十時半までの九十分。果たして「教育」が示唆した通り、この半年間、わたしは学生たちと学びあうことで、自分の内面を耕す、非常に得難い経験をすることができた。パンデミックの影響で対面授業が一度も叶わず、すべてが手探りのオンライン講義だったが、試行錯誤のコミュニケーションを通じて、学生一人一人のパーソナリティを知り、共に考えを深めることもできた。こわかったけど、やってよかった。

「教育」の助言に耳をかたむけ、信じて動いて正解だった。

＊

そんな経緯もあり、タラ・ウェストーバーの半生を綴った回想録『Educated』の翻訳、『エデュケーション　大学は私の人生を変えた』（村井理子／訳　早川書房）が出た時は、すぐに注文して読み始めた。

一九八六年生まれ、現在三十五歳のタラ・ウェストーバーは、アイダホ州の山脈に囲まれた町で、モルモン教サバイバリストの両親のもと、七人兄弟の末っ子として育つ。反政府主義者の両親は、公教育による洗脳を防ぐために、子どもたちを学校に通わせていない。サバイバリストとは、破滅的な災害がこの世を襲う来たるべき日に備えて、日頃から準備とトレーニングを行なっている人を指すそうだ。狂信的なタラの父は、学校や病院などの公的機関は、政府が自分たちをスパイするための危険な場所と捉えているため、子どもたちを近づかせない。廃材置き場での危険な廃品回収の仕事を、幼いうちから手伝わせ、その作業中に子どもたちが大怪我を負っても、病院に連れていかず、母親の薬草治療と神の加護にゆだねる。

無免許の助産婦の手助けによってタラが誕生した後も、両親は出生届を出さなかった。そのせいで、彼女は九歳になるまで、戸籍に相当する重要書類である「出生証明書」を持てなかった。タラの母親は、無資格の自称助産婦の女性から学んだ知識で、自分も助産婦となり、加えて薬草治療やホメオパシーといったスピリチュアルなビジネスで生計を立てる。そんな彼らの厳格で偏った宗教観と思想によって、子どもたちは普通の子どもとしての幼年時代を奪われる。

山奥の閉ざされた環境で、父親の危険な仕事の手伝いをさせられるのが当たり前と思っている子どもたちに、それでも母親は、朝の時間だけでも、なんとかして勉強を教えようとする。キッチンで読み書きや算数の基礎を教え、ハーブの配達の合間に子どもたちを町にあるカーネギー図書館に連れて行く。しかし、勉強よりも実用的な技術を学ぶべきだと主張する父親は、母親の見ていない隙に、子どもたちを廃材置き場に連れて行ってしまう。便利とは言い難い山の生活で、家事と仕事をこなしながら、七人の子どもを食べさせていくだけでも生半可なことではない。加えて、ウェストーバー家の家族は、驚くほど次から次へと悲惨な事故や怪我に見舞われる。本来であれば、すぐさま病院に運び込む必要のある深刻な怪我に、その都度レメディーや薬草オイルで治療を施す母親。やがては彼女自身も、子どもたちに自宅で勉強を教えることを諦め、日常に屈していく。いつのまにか母親は、よい教育を受ける大切さについて話をしなくなり、「大切なのは読めるようになることだけ。ほかのくだらないことなんて、ただの洗脳だわ」と言うようになってしまう。

タラの両親は、決して子どもたちを不幸にしようとしているわけではない。そこには深い愛情があることを、聡明なタラはしっかりと理解している。けれども、わたしから見れば、タラとその兄弟たちを取り巻く環境は過酷で暴力的だ。誇大思想で家族を振りまわし、子どもたちの将来の基盤となる大切な幼年時代を台無しにする。危機管理の甘い現場で仕事をさせ、子どもを何度も危険な目に遭わせる父親と、それを容認する母親に憤りが抑えられず、いったん本を閉じて息を整えたこともあった。「子どもの命を守るのが親の役目なのに、なんてことをしているんだ」と。

しかし一方で、タラの文章を読んでいると、この耐え難い両親に通じる危うさや狂気が、親であるわたしの中にも確かに存在していることに気づかされる。この回録において、タラは自身の壮絶な生い立ちや、両親による偏った支配を、一方的に糾弾するかたちで描いていない。幼い頃に父や母が語り聞かせてくれたおはなしや、兄弟たちとの他愛のないやりとり、一家を包む、雄大で美しい山や自然の描写は美しく、そこに注がれるタラの視線には愛情やあたたかさが宿る。たとえ歪んでいたにせよ、彼女が確かに家族から愛情を注がれて育ってきたことがわかる。両親なりに、子どもによい人生を与えたい、この世の邪悪から守りたいと、切実に望んでいたであろうことが理解できる。だからこその外部の脅威、だからこその強迫観念、だからこその極端な行動。そこに思いが及ぶ書き方を、全編を通じて、タラはしている。

＊

意外なことだけれど、タラは十代の頃に、町の劇場で上演された『アニー』で主役を演じたことがある。兄の古いラジカセで、タラが合唱団のテープを聴いているのを見た母親は、ボイストレーナーを探してきて、娘を教えてもらえるよう頼みこむ。続いて、根気よく父親を説得し、タラは歌を学べるようになる。高いレッスン費用は、母親が薬草オイルを売って稼いだお金で工面した。タラの才能に気づいたボイストレーナーは、彼女に『アニー』のオーディションを受けるよう勧める。

モルモンサバイバリストたるもの、そんなことは絶対に許さないはず、と思ったわたしの予想を裏切り、父親はタラがオーディションに行くことを許可する。ある晩タラが『トゥモロー』を練習するのを聴いていた父親は、母親に言う。「金は集めてくるから、オーディションに連れていってやってくれ」と。タラは見事、主役のアニーの座を獲得する。舞台初日、客席の最前列に座り、娘が歌うのをじっと見ていた父親は、芝居が終わるとすぐにチケット売り場に直行し、翌日分のチケットを購入する。

結果として、音楽は彼女の精神を救う。『Educated』は全米でベストセラーになり、その後タラは多くの講演に登壇する。YouTubeで、彼女が観客からのリクエストにこたえて、歌声を披露する映像を見ることができる。呼吸をととのえ、かるく微笑んだのち、堂々と歌いはじめたその声量と美しさに、わたしは圧倒された。のびやかに、気持ち良さそうに歌う姿にじっと見入った。

書くこと、話すこと、歌うこと、踊ること、走ること、奏でること、つくること。

自分の魂を立て直し、癒し、解放する手段を、わたしたちは数多く与えられている。それに気づかせ、手を引いてそのスイッチの在り処を教えてくれた人が、同時に自分の魂を縛り、支配しようとする人でもある。そんなことは、いくらでもある。善と悪の境界が常に揺れ動いているように、ともすると、両者が一瞬で入れ替わってしまうように、すべてはないまぜなのだ。だからこその苦しみや葛藤があり、絶望と希望を行ったり来たりする。前に進む勇気が、次の日には嘘みたいに覆され、揺るぎなかったはずの信念が、ふとしたことで疑念に変わる。一方的な糾弾というものが、いかに難しく、不可能なものであるのか、たとえば「歪んだ愛着」と、わたしが書くとき、その歪みはどの地平から何を指すのか、また、そうした愛着に真実が宿っている以上、それを断ち切ることがいかに困難かを、タラの回想録は教えてくれる。

＊

特異なもの、グロテスクなもの、非道なもの、相容れないもの、理解できないもの。

それらを眉をひそめて糾弾し、忌まわしいものとして遠ざけることは、容易なことだ。そこから自力で脱出したタラの勇気を賞賛し、支配から逃れて自分の場所を獲得した姿に「ああよかった」と、胸をなでおろすことも。

事実タラは、偏った家族の支配から脱し、学びを獲得することでマインドコントロールを解き、難関とされるモルモン教の大学、ブリガムヤング大学へ進学する。やがて「ゲイツ・ケンブリッジ奨学金制度」を得て渡英し、ケンブリッジ大学の大学院で学び、ハーバード大学でも学ぶ機会を得て、最終的に哲学と歴史学で博士号を取得し、現在は、ハーバード大学の研究員となっている。

しかし、この本が、ニューヨーク・タイムズ・ベストセラー一位を獲得し、「全米四百万部」という多くの読者の心に響いたのは、そうした象徴的なエピソードや、単純な構図ゆえではないと、わたしは思う。過酷な経験をくぐり抜けてきたタラが、親の支配を憎しみに変えるのでもなく、善悪の陰影をはっきりつけることもせず（自分を納得させるためには、そうした方が得策だ）、常に揺れ動いているその曖昧な境界ごと受け入れたこと。自分の境遇や家族を、単純に肯定するのでも否定するのでもなく、教育によって、それらを俯瞰するもう一つの視座を得て、その上で、自分の人生を生きるための地平を獲得したところ。そこにこの本の本当の強さがあるのではないかと思う。

タラの過酷な生い立ちに照らした場合、随分とナイーブな読み方かもしれないが、わたしはこの本を、「タラを逃がす物語」として読んだ。すべての登場人物が、タラを外の世界に逃がすための重要な役割を担っているように思えるのだ。彼女が支配から逃れるために行動を起こせた強さや聡明さの源には、子どもを守りたいと、彼女を異常な環境で育ててきた両親の強い愛情があり、「ここにいては駄目だ」と大学進学の手助けをしてくれた兄のタイラーや、彼女を後押しし、さらなる学問の道に導いた教授たち、本の執筆をサポートした友人や編集者はもちろんのこと、自分自身でも抑圧できない暴力で彼女を幾度も痛めつけた兄のショーン、一度はタラを受け入れた後に、また気持ちを閉ざして彼女を遠ざけた姉、真実に気づきながらも目を逸らすことしかできなかった母も含め、皆それぞれが、それぞれのやり方で、タラを外の世界に逃がすためのバトンをつないでいるように思えるのだ。そして、そんな彼女の手を離さずに、伴走しつづけたのが「教育」であり、教育が彼女に教えてくれたことは「人生のハンドルを自分で握って学びつづける限り、人は、自分の気持ちを偽ることのない真実を、自らの歴史として紡ぐことができる」ということではないか。

＊

人にはいろいろな状況があり、人の感情について、一般論で無責任に語ることはできない。

分断は依然広がりつづけていて、わたしは相変わらず無知であり、不用意な発言がさらなる誤解を生むのを恐れるあまり、口を噤んでしまいがちだ。しかしわたしは、自分の内にあるこの小さな部屋で、タラの本が自分にもたらした考えを、好きに語ってみることができる。だってここは、わたし以外誰も入ることのできない場所なんだから。昔から、わたしはここで一人、考えをまとめたり、迷ったり、間違ったり、泣いたり、かと思えば唐突に力を得て、無鉄砲に前に進んだりしてきたのだ。

たとえば、グロテスクな支配で子どもを追いこむ親に、「毒親」というレッテルを貼り、憎しみで蓋をすれば、その呪縛をとりあえずは封印できる。憎しみが有効なのであれば、それを力にすればよい。でも、そんなこと、子どもはしたくないかもしれないのだ。不器用でいびつな親の愛を拒絶して、すべてを黒く塗りつぶしたくなんかないかもしれない。あるいは、外の世界から親身になって、救いの手を差し伸べようとしてくれる善意の人に、自分の気持ちを扇動されたくないかもしれない。

だって、気持ちの行く先を決めるのは、自分なのだ。自分の人生の軸を他人に譲らない限り、たとえ時間がかかったとしても、わたしたちはみんな、ちゃんと自分でできるのだ。わかり合うことはできなくても、蓋をはずし、偽らない自分の目で自分の身に起きたことを理解し、自分の足でその場所から逃げられたことに納得ができたなら、呪縛は封印を解かれ、本当の意味で解放されるかもしれない。

ままならない感情というものを内に抱え、情緒や愛着に絡めとられてがんじがらめになったとき、そこからわたしたちを持ち上げて、しかるべき場所に移るための新たな視点を与えてくれるものが「教育」や「学問」であるならば、陰謀論が渦巻き、無理解と分断が広がりつづけるこの世界で、途方に暮れているわたしたちが、タラの回想録に希望を見出した理由もよくわかる。本書がベストセラーになった後、タラの両親は弁護士を雇い、彼女を訴えている。タラは「教育」と出会ったことで、憎しみ以外の地平から、家族と向き合う知性を獲得した。この本に通底する、理知的でまっすぐな視点で家族と向き合い、彼女は、きっとこれからも、それぞれの地平から、家族とのあり方を模索しつづけていくだろう。

［今号の執筆者紹介］（五十音順・敬称略）

磯貝由羽（いそがい　ゆう）
一九九八年生まれ、日本大学芸術学部文芸学科在学中。猫を飼ったことはありません。

小糸里奈（こいと　りな）
一九九八年生。日本大学芸術学部文芸学科在学中。

佐藤述人（さとう　じゅっと）
一九九五年、東京都生。「ツキヒツジの夜になる」で第二四回三田文学新人賞を受賞。他作品に「君って何」（江古田文学九八号）、「すでにある祈り」（三田文学 一三九号）などがある。

土野研治（つちの　けんじ）
一九五五年、東京都生。日本大学芸術学部教授、日本音楽療法学会副理事長、声楽（バリトン）。著書『心ひらくピアノ－音楽療法士と自閉症児との14年－』（春秋社）「畑中良輔の世界」（江古田文学九十号）他。

麦田あつこ（むぎた　あつこ）
一九七八年生。日本大学芸術学部文芸学科卒。ブロンズ新社を経て、フリーランスの子どもの編集者に。「だるまさん」シリーズ（かがくいひろし）、ヨシタケシンスケの発想えほんシリーズ（ともにブロンズ新社）他、数多くの児童書の編集に携わる。絵本の作品に『こうさぎ　ぽーん』、『ねむねむ　こうさぎ』（絵・森山標子　ブロンズ新社）がある。

安原まひろ（やすはら　まひろ）
一九八七年、神奈川県生。日本大学芸術学部文芸学科卒業、一橋大学大学院言語社会研究科修了。ウェブ版「美術手帖」編集部。地域メディア『国マガ』編集。文化庁のメディア芸術カレントコンテンツでアニメ・マンガのレビューを担当。

山下洪文（やました　こうぶん）
一九八八年生。日本大学芸術学部文芸学科助教。詩集『僕が妊婦だったなら』、評論集『夢と戦争　「ゼロ年代詩」批判序説』『よみがえる荒地　戦後詩・歴史の彼方・美の終局』、編著『血のいろの降る雪　木原孝一アンソロジー』。

第 49 号（2002・春）森鴎外
第 50 号（2002・夏）永瀬清子
第 51 号（2002・秋）西鶴／第 1 回江古田文学賞発表
第 52 号（2002・冬）こゝろ
第 53 号（2003・夏）庄司薫
第 54 号（2003・秋）文体論／第 2 回江古田文学賞発表
第 55 号（2004・冬）演劇論・身体論
第 56 号（2004・夏）世代を横断する小説弾と今
第 57 号（2004・秋）第 3 回江古田文学賞発表／新潮新人賞・佐藤弘に訊く
第 58 号（2005・冬）インターネットと文学の現在進行形
第 59 号（2005・夏）萩原朔太郎
第 60 号（2005・秋）しりあがり寿／第 4 回江古田文学賞発表
第 61 号（2006・冬）いま、三島由紀夫を考える
第 62 号（2006・春）チェーホフの現在
第 63 号（2006・秋）天才 左川ちか／第 5 回江古田文学賞発表
第 64 号（2007・冬）記号論の現在とコギト
第 65 号（2007・春）谷崎潤一郎
第 66 号（2007・秋）団塊世代が読むドストエフスキー／第 6 回江古田文学賞発表
第 67 号（2008・冬）名無しの才能・ニコニコ動画に集うクリエイティブ
第 68 号（2008・春）夭折の天才詩人・長澤延子
第 69 号（2008・秋）太宰治・生誕百年／第 7 回江古田文学賞発表
第 70 号（2009・冬）俳句の正体を知っていますか
第 71 号（2009・夏）尾崎翠と林芙美子
第 72 号（2009・冬）「オレ様」の文学／第 8 回江古田文学賞発表
第 73 号（2010・冬）吉行理恵　詩の魅力とその生き方
第 74 号（2010・夏）若い世代が問う秀英「論文」集
第 75 号（2010・冬）同人誌の変遷・第 9 回江古田文学賞発表
第 76 号（2011・冬）信じることと、生きること／追悼　大野一雄―103歳の生涯と芸術―
第 77 号（2011・夏）林芙美子　没後60年
第 78 号（2011・秋）イギリスの魂を見る／第10回江古田文学賞発表
第 79 号（2012・冬）ポップ・ステップ・ジャンプ
第 80 号（2012・夏）若い世代が問う秀英「論文」集Ⅱ
第 81 号（2012・秋）林芙美子　生誕109年／第11回江古田文学賞発表
第 82 号（2012・冬）ドストエフスキー in 21世紀
第 83 号（2013・夏）インタビュー　富岡幸一郎／講演　よしもとばなな
第 84 号（2013・冬）「白秋期」の詩人たちの恋愛詩／第12回江古田文学賞発表
第 85 号（2014・春）創作　又吉栄喜　塩野米松　小檜山博
第 86 号（2014・夏）研究者からみた「現代文学は何処へいくのか」岩佐壯四郎　山内洋　紅野謙介　中島国彦
第 87 号（2014・冬）創作　藤沢周　蒲田あやめ　村上政彦　古屋健三／第13回江古田文学賞発表
第 88 号（2015・春）創作　青来有一　三田誠広 他　インタビュー　川村湊
第 89 号（2015・夏）処女作再掲　津島佑子　狐を孕む
第 90 号（2015・冬）「現代詩」を考える／第14回江古田文学賞発表
第 91 号（2016・春）講演 吉本ばなな　本当の癒しとは／処女作再掲 金井美恵子　愛の生活
第 92 号（2016・夏）処女作再掲　絲山秋子　イッツ・オンリー・トーク
第 93 号（2016・冬）第15回江古田文学賞発表
第 94 号（2017・春）講演　吉本ばなな／増田みず子
第 95 号（2017・夏）対談　西洋と日本近代文学（Ⅲ）岸間卓蔵・堀邦維
第 96 号（2017・冬）文字から声へ／第16回江古田文学賞発表
第 97 号（2018・春）動物と文学
第 98 号（2018・夏）この世界の終わりかた
第 99 号（2018-9・冬）創造のメソッド／第17回江古田文学賞発表
第100号（2019・冬春）江古田文学100号記念号
第101号（2019・夏）特集　九〇年代／平成三〇年度卒業論文・作品
第102号（2019・冬）特集　説経浄瑠璃 三代目若松若太夫／第18回江古田文学賞発表
第103号（2020・春）小特集　短歌の楽しみかた／令和元年度卒業論文・作品
第104号（2020・夏）小特集　スポーツ／令和元年度卒業論文・作品
第105号（2020・冬）第19回江古田文学賞発表

江古田文学バックナンバーのご案内

通信販売のお問い合わせ先　日本大学芸術学部文芸学科内 江古田文学編集部
電話 03-5995-8255　FAX 03-5995-8257
〒176-8525 東京都練馬区旭丘 2-42-1

復刊第１号（1981・冬）
第 2 号（1982・夏）中国における日本文学
第 3 号（1982・冬）
第 4 号（1983・夏）
第 5 号（1984・春）寺崎浩の自画像
第 6 号（1984・秋冬）中国から見た日本の文学
第 7 号（1985・春）
第 8 号（1985・秋）詩人・山本陽子
第 9 号（1986・冬）中国における日本文学の現在
第 10 号（1986・夏）追悼・土方巽
第 11 号（1987・冬）高知詩人
第 12 号（1987・春）鼎談・ドストエフスキーの現在
第 13 号（1987・秋）詩人大川宣純の世界
第 14 号（1988・春）詩人 山本陽子　第２弾
第 15 号（1989・春）清水義介＆今、小説を書くとは
第 16 号（1989・秋）
第 17 号（1990・冬）土方巽・舞踏
第 18 号（1990・夏）宮沢賢治の現在
第 19 号（1991・冬）連句の現在
第 20 号（1991・夏）ドストエフスキー
第 21 号（1991・秋）宮沢賢治
第 22 号（1992・夏）つげ義春
第 23 号（1993・冬）宮沢賢治　第３弾
第 24 号（1993・夏）三島由紀夫＆舞踏
第 25 号（1994・春）寺山修司
第 26 号（1994・秋）『海辺の光景』＆宮沢賢治
第 27 号（1995・冬）つげ義春＆山本陽子
第 28 号（1995・秋）日大芸術学部文芸学科卒業制作
第 29 号（1996・春）落語
第 30 号（1996・夏）聖地
第 31 号（1996・秋）大野一雄VS日芸生
第 32 号（1996・冬）宮沢賢治 最後の生誕100年
第 33 号（1997・夏）
第 34 号（1998・冬）
第 35 号（1998・春）アンドレイ・タルコフスキー
第 36 号（1998・夏）
第 37 号（1998・秋）
第 38 号（1999・冬）余白論・埴谷雄高と「虚体」／『カラマーゾフの兄弟』を読む
第 39 号（1999・春）金子みすゞ没後70年
第 40 号（1999・夏）
第 41 号（1999・秋）紙へのフェティシズム、空間へのアプローチ
第 42 号（1999・冬）川端康成生誕百年
第 43 号（2000・春）金子みすゞと女性たち
第 44 号（2000・夏）吉田一穂
第 45 号（2000・秋）20世紀最後の宮沢賢治
第 46 号（2001・冬）辻まこと－没後四半世紀－
第 47 号（2001・夏）疾走感
第 48 号（2001・秋）夏目漱石

編集後記

■三十年ほど前の『文芸学科報』編集後記に、「『文学』が間もなく死に絶えようとしている……来たるべき死の時まで私は断末魔の叫びを上げ続けていたい」と書きつけられていた。「文学の終わり」が囁かれていた、まさにそのころだ。いま私たちは、「終わり」どころか、文学の「死後」を生きていると言える。この悲劇的壊滅の時代、「末魔」を「断」ってくれる者すらいない空白の時間を、どうやって生きていくのか？　たとえ実体を失い、「死」んでいるとしても、言葉はそこにあり、「私」はここにいるということ、この単純な事実から、いつもやり直すしかないのかもしれない。（山下）

■もう会えない友人について考える。彼女は寒さに弱く、冬になるとずっと寝ていた。あるとき、ふたりして通学バスにおいていかれてしまったことがある。どうせ遅刻だとあきらめて、ひとけのない真昼の大通りのまんなかを走った。あのときの明るさが、いまでも季節を越えるための道しるべとなってくれる。（幅）

■車の免許を取るのは、知らないおじさんと二人きりなのが心苦しくて、上達せず諦めてしまった。家の契約は何度も内見するのが嫌で、初日に契約した。そんな人が五年間不得意な校正をすることができたのは、優しい部員や先生方、執筆者のみなさま、読者のみなさまのおかげです。お世話になりました。熱く地道に生きている人たちに楽しいことが起きますように。（両角）

■今号は「令和二年度卒業論文・作品から」ということで、卒業生二名の作品が掲載されている。大学生活の集大成となる佳作であるため、ぜひ多くの人に読んでいただきたいと思う。同時に、卒業という節目の時期を、友と抱き合い喜べる時が再び戻ってくることを願わずにはいられない。（髙野）

■一年ぶりに食べた桜餅は前より塩がきいていた。変わらずにあろうという心は可憐で、たとえ変わっても好ましい。本も人も、きっと同じだろう。（髙倉）

■卒業しては入学しを何度か繰り返していたので「卒業」に対する感覚が麻痺していたが、学生という身分を失ったとき、清々しい気持ちとともに、自分の中が空っぽになったかのような空虚感を覚えた。あのとき感じた空虚を振り払うために、がむしゃらに走っていきたい。（伊藤）

■十年ほど続けている月に一度の読書会を、昨年の緊急事態宣言以降、開けないままでいる。自分では選ばないであろう作品を読み、そしてどのように読んだかをメンバーと共有する営みを通して、小説を「読む」ちからを鍛える、などと格好をつけてはみるが、実際のところ読書会が終わったあとの他愛のない会話が恋しいのだ。さて、ながいあいだ本誌の編集に尽力してくれた両角助手が今号で退職される。絶妙なバランス感覚で編集という雑用の極みのような作業にあたってくれた両角さんには最大の感謝の気持ちをおくりたい。本当にどうもありがとうございました。（谷村）

江古田文学　第106号
本体七一四円+税
令和三年三月二五日発行
編集人　谷村順一
発行人　ソコロワ山下聖美
編集発行　江古田文学会
176-8525 東京都練馬区旭丘二―四二―一
日本大学芸術学部文芸学科内
電話（〇三）五九九五―八二五五
FAX（〇三）五九九五―八二五七
振替〇〇一七〇―五―二五八二八
発売　星雲社（共同出版社・流通責任出版社）
112-0005 東京都文京区水道一―三―三〇
電話（〇三）三八六八―三二七五
印刷所　株式会社　新生社
162-0053 東京都新宿区原町二―三―八

投稿原稿について　当編集部では、「江古田文学賞」への応募作品以外、原稿をお受け致しません。作品は、「江古田文学賞」にご応募ください。（詳しくは、本誌募集要項をごらんください。）なお、送られた原稿の返却にはいっさい応じかねます。ご了承ください。

Printed in Japan　ISBN978-4-434-28834-0　C0390